人間巷陌

—*Looking Through Allies*—

人間巷陌

黎錦揚

一路走過人間巷陌，以溫柔的眼神觀測世事，以溫柔的心性洞察世情，筆下流露的則是深度的人間關懷，與作者不慍不火的處世態度。

翻開蓬丹細心整理的文稿，先讀「文字脈動」卷，第一篇〈夜未央〉就引我共鳴。中國作家老舍，美國作家 John Steinbeck，Ernest Hemingway，英國作家 Somerset Maugham 諸文豪的傑作，我最愛讀，但現代已少有年青人對他們著迷崇拜。喜沉思，具有悲憫胸懷的作者，不免憂心一些偉大的靈魂將被歲月浪花淘盡。

「愛情片語」卷的文字著重在人生種種因緣情事。〈問情二帖〉耐人尋味，在於當今之世，功利掛帥，情義雙全之士有如人中『極品』，打著燈籠也找不到幾個，因此，社會檔案中充斥的是無情無義的事件。

〈失去純真年代〉以精鍊的文字，嚴正的態度揭露人性的沉淪，讀後對世間情事的是非曲直，不免由衷深省。

聖人君子，可以共事相交，但不一定是好伴侶，就像食物，營養卻未必好吃。咀嚼著衛生而乏味的食物，我們的舌尖往往渴望酸甜苦辣的刺激。人與人，特別是與情人的關係，常常有此糾葛。〈有點壞，又不太壞〉為我們指出了這個盲點。〈女人味 vs. 男子氣〉也是一篇有關男女之情的相當生動精巧的作品。

「生命觀想」這一卷，談到人生行路上相見相遇的人與事，也許是北國早春的鳥語，也許是異鄉歲暮的聚合，都曾引起作者思索。蓬丹溫柔婉約的文筆讓讀者如臨其境，也隨她的腳程走過歲月。

「人間巷陌」之卷，是十分細膩動人的旅遊文字。綿綿情思映照幽幽山水，令我不禁生出思鄉之感，回味舊日在家鄉的情韻。文章中有故事，有人物，有傷感，有不平，散文的手法，讀來也有『短短篇小說』的意趣。

這本書中有很多我很喜歡的，深刻的文章。在國外多年的我，更為能看到這樣多美好的文句而驚喜。但我不願在序中多寫，第一，我怕『畫蛇添足』；第二，我希望讀者自己去欣賞，字字細嚼，它營養衛生而又好吃，是不可多得的上品。

〈旅美著名作家　花鼓歌作者〉

一位文采斐然的朋友 —— 蓬丹

陳乃健

廿餘年前就在中央日報上讀過蓬丹的文章，當時覺得那是一位文采斐然的作者，尤其是文字中展現出的愛心和對人世間的關懷，特別令人印象深刻。

我在高中及大學都曾擔任校刊編輯，猶記得台北成功中學同期編寫「成功青年」的幾位同窗中，如劉墉、耿榮水、周玉山…等，在台灣都已成為名作家。至於平時也喜歡鑽研文字遊於文藝的我，後來卻半路改行從商而停筆了數十年。未料到數年前在洛杉磯，聽說本地作家協會負責人即是蓬丹女士，於是在一位共同的友人安排下，我們有緣結識。令我驚奇的是她居然比我年輕，原來，她從大學求學期間便開始筆耕不輟了。我在大學時讀其文章，想像作者必定已過不惑之齡，因為在那個年代，廿歲左右所寫的文章能經常刊登在中央日報上，幾乎是不大可能。蓬丹本人看起來也比同齡人年輕，我內心暗忖：可能因為她喜愛文學，心中常保單純清新，誠於中而形於外，才會顯得格外青春吧。

正因蓬丹追求文學崇高的精神境界，所以她所撰寫的多數是具有哲思的心靈小品，對生活中的種種現象觀察後加以審思，質疑後的加以反省，無論是關於寫作、旅行、人物、社會，或敘情抑或說理，蓬丹均能秉持她一貫認真的態度，以精琢的文字表達其所思和所感。蓬丹本姓游，在台灣出生，畢業於台灣師範大學社會教育系，後來又遠赴加拿大研讀商科和文學。她天生文思豐富，敏銳善感，因此自小她的作文總是令老師激賞。大學三年級她開始投稿，她那種特有的清麗精緻風格得到許多編者的青睞和讀者的讚許。

多年來，蓬丹勤勤懇懇地從事文學創作，至今，台灣各大出版社為她出版了《失鄉》、《投影，在你的波心》、《未加糖的咖啡》、《虹霓心願》、《沿著愛走一段》、《夢，已經啓航》、《流浪城》、《花中歲月》等八本書。書中優雅的文字引人入勝，其個人深刻的思考發人省思。她的每一本著作都令我在讀後對人生的態度有所啓發，蓬丹說：「這正是我寫作的目的，不僅是為自己的生命歷程留下記錄，更希望能提昇人們的心靈層次，讓讀者感到有助益，有收穫。」

過去兩年，蓬丹因積極投入教育工作，而較少有作品問世；今年，欣聞她終於抽空將近兩、三年來的文章整理出版，期待著看到她美麗的結集在新世紀誕生！

〈本文作者為洛杉磯作協理事　現任共和黨商業委員會資深委員〉

蓬丹論

阮溫陵

蓬丹是一位多產而令讀者喜愛的北美華人女作家，早已蜚聲台灣文壇和北美華文文學界。

她祖籍福建寧德，畢業於台灣師範大學社會教育系，主修圖書管理，後赴加拿大研讀商科與文學，結業於哈利法克斯學院。

八十年代移居美國，歷任採購經理、報社編輯、圖書公司經理等職。她大學時代即開始小說創作，嶄露頭角，文壇馳騁二十餘年仍馬不停蹄，手不停筆，而以散文為著。出版有《失鄉》、《投影，在你的波心》、《未加糖的咖啡》、《虹霓心願》、《沿著愛走一段》、《夢，已經啓航》、《流浪城》及其代表作《花中歲月》等作品集。曾獲『海外華文著述獎』，台灣優良作品獎和『五四文藝獎』。一九九三年當選北美洛杉磯華文作家協會會長。

初識蓬丹

第一次認識蓬丹，是在最近一次北美華文文學研討會上。她給人的印象是待人誠懇、熱情、友愛、一見如故，是一位值得依賴的善良純樸、温柔敦厚、情義深重、寫作勤奮的文學朋友，又是被朋友認為是一個值得懷念的人（《故人》）。在著作交流中，承她回贈在台灣出版的集五十篇散文於一書的《花中歲月》，才有機會接觸她的散文創作及藝術境界。觀其文，知其人。作家蓬丹是由一堆感情誕生的。正如她寫道：「我覺得自己是個背了一身情債的人。對於世間萬物，我常懷眷愛之心。即使微末如路邊一朵野花，天際一朵閒雲；虛渺如春夜星光，秋後蟬鳴，也能勾起一腔感動。至於美好的經歷，善心的人物，我就更是不捨或忘了。情到深處並未情轉薄，反越加有種春蠶到死的執著：因著至情、多感，活著對我真實而深刻。並且，藉由手中的一支筆，我得以把蘊藏心坎深處的種種感受化為珠璣文字。《無價的收藏》這種多情、至情、真情，就是性情中人蓬丹，就是蓬丹散文的天性。然而從《花中歲月》自序所寫，這『一路顛躓行來』的『第八枚足印』，「發覺自己較數年前沉斂許多，不再心比天高，只是無悔、持續地走著自己選擇的路」，「更在感傷中沉澱一份關懷與眷念，可以看出蓬丹已經走向成熟」。《花中歲月》沉澱的，正是作家人生的關懷與眷念，高揚的，更是作家藝術美人性美的旗幟——

文字的機杼上，我以繁花色澤織錦。織出一段段醇厚記憶。人間歲月若麗似春花，只緣轉瞬即逝的花樣年華，在恩深情重的字粒之中，尋到了永恆的可能。

文學的蜂房裏，我以採蜜的姿態，努力汲取生命中最熱烈的香息，例如音樂與藝術，例如親情與人緣。那份沉香，總在憂傷紛擾的時刻予我撫慰。也希望能為同樣走在崎嶇世路上的朋友，收羅幾許芬芳！

琦花瓊蕊，或含苞，或盛放，皆預示了凋殘的必然。敏感的文學心靈，遂悟人世的原相終屬琉璃易碎。然而也正因如此，我們才必須把握這剎那的光燦，活出最美的姿顏！

這種表白，有對變幻人生的思考，有對藝術理想的追求，很像是蓬丹文學創作的『宣言書』，因而可以引導我們進入她散文的天地，遊覽她霞光璇耀的感情世界。

篇章簡短　命意新穎

蓬丹的散文創作，很講究文體的構築和意旨的提煉。海外生活節奏緊張，華人華僑大多要為生活為事業疲於奔命，很少有多餘時間來讀賞長篇作品，蓬丹身處其中，深有體會。而散文天性自由靈活，又貴在精煉簡短，正適合這種特定環境的寫作，更能符合讀者口味。我國散文，自古以來就有短小精悍的傳統。短，篇章短，文字簡；小，層次少，結構小；精，取材精當，觀點鮮明；悍，優美生動，引人入勝。蓬丹散文正發揚了這一藝術傳統。這四個字有互為因果的統一關係：有『精』才有『悍』，有『小』才有『短』，內容上的又精又悍，才能達到形式上的又短又小；而形式上的一『短』一『小』，也會反過來促使內容更『精』更『悍』。但要做到這四個字，一要善於立意，二要工於布局。所謂『以意為主，以文傳意』——『意』即指思想主旨，凡布局謀篇，均受其指揮。立意新，才能布局精。立意者，乃文章成敗之關鍵也。故『詩文美者，命意必善』。蓬丹散文追求新意，一旦立意，即能以『意』為中心，組織材料，營建結構，苦心經營，讓短小的散文篇章錯綜變化而開闊頓挫，激盪起伏的波瀾，既『形散』——思路放得開，又『神不散』——一切集中在『意』上。

擬人託喻　觸景生情

蓬丹散文創作很重視取材剪裁的手法，和表情達意的技巧。散文要精煉。精煉是為了煉『意』，出『神』。但精煉中還得鬆動，要有聯想、想像、比喻、象徵、擬人、託物、景象、意象、物象、情緒等等，還應『顧盼左右而言他』，有一種視野的拓展和搜索的空間，有一種感情的自由泛漫，此即所謂『形散』。但『形』是為了『神』，有『散』才有『集中』。蓬丹散文都是掇拾現實生活中令人難忘的人、事、景、物，並由此引出所思所感所悟發而為文，而把寫人、敘事、繪景、狀物、抒情、議論揉合在一起的。因而為了便於闡理，揭示思想意蘊，營造意境和氛圍，常常要藉物擬人，引物託喻，以喻明旨，藉景抒情，情景交融，『藉題發揮』，體物寫志。

文筆風流　詩畫並出

蓬丹對散文創作技巧是十分精通的，尤擅長於語言的經營和意境的創造。散文的天性是自由的、活潑的，思想是閃光的、耀眼的，服飾是秀麗的、高雅的。散文要求感情飽滿、愛憎分明的有個性有文采的語言，『鋪采摛文，體物寫志』。正因此，有人把賦納入散文的範疇，又有人把散文當作詩來寫。這說明散文要講究語言和意境，情文並茂，詩畫交融。而語言和意境又離不開散文家的性格與風格，因而有劉勰〈體性篇〉中的所謂典雅、遠奧、精約、顯附、繁縟、壯麗、新奇、輕靡等八體，所謂賈生俊發、長卿傲誕、子雲沉寂、子政簡易、孟堅雅懿、平子淹通、仲宣躁銳、公幹氣褊、嗣宗俶儻、叔夜擢俠、安仁輕敏、士衡矜重等十二家。作家的生活經歷、文學修養、思想境界，決定作家性格及其創作風格。人如文，文見人，其人其文是統一的。倘要究其『體』，蓬丹是比較接近於『典雅』、『遠奧』、『精約』的；要講風格，則有點『俊發』、『簡易』、『輕敏』的傾向。此一體一風格，來自蓬丹的思想性格，因而我們能從她寫出的一手好散文中看到她天真可愛的性格，並可以其性格觀照其情文並茂的語言和詩畫交融的意境而加深理解。

蓬丹的語言，來自對生活的體驗和對人生的感受，是從藝術實踐中長期提煉出來的——精當準確，淡雅鮮麗，醇美清新，浸滿詩情，透出畫意，也是一座百花園，絢爛芬菲，引人入迷。蓬丹的散文，不僅是一首首抒情詩、敘事詩、哲理詩、詠物詩，而且是一幅幅水彩畫、粉墨畫、油畫、國畫、版畫、速寫、素描，其中又有花鳥畫、風景畫、人物畫、靜物畫、寫意畫，或輕描淡寫，或濃墨重彩，或背面敷粉，或反復縐染，瀟灑裕如地運用了多種手法，可謂儀態萬千，名花紛呈，琳瑯滿目。這裏表現的，則是又一種蓬丹式的藝術個性。

這是海外華文文學的奇花異葩，裴然奪目，神采流動，芳馨濃郁，韻味悠然。相比之下，蓬丹雖不及散文大家取重大題材『文以載道』，剖析現實剔骨見髓，但她能更多地面向自我，以生活見聞的『閃光點』作心靈美的感光。其思考人生的哲理詩情，始終以人性美為藝術中軸，因而能自闢途轍而在繁聲競響的海外文壇標能擅美，獨樹一幟。

〈本文作者為中國泉州市華僑大學中文系博士班指導教授〉

牽情

蓬丹

相信，所有執筆者都曾這樣感受過：捨離了紙頁、毫墨、與那一角用以埋首的案頭，自己便彷彿成了一具蒼枯失血的空殼，在荒涼的人世之中迷走，不辨方向，甚至沒有目的。因此，跋涉於字裏行間，更差似一種尋索靈魂，填滿空軀的歷程。

也曾欣羨某種洒脫孤絕的人生。任歲華流過，沖淨記憶之城堡、時光之沙丘，仍能揮手自茲去，不留片語隻字，不帶走一片雲彩。只活在目前當下，不失為一種快意人生。但多數的人還是活得牽牽絆絆，難能拿起，亦無法放下。然而，人世的阡路陌巷之中，正因這些令人頻頻回首的懸念，這些令人不捨或忘的牽情，我們才明白了意義之所在，才知曉了永恆的可能。

也因此，書寫的宿命，便成為執筆者艱辛而又美麗的負荷。無論是溯游於心靈的深巷，或是行走於天涯路遙的一隅，我的瞳眼恆在注視，我的筆尖恆在覓尋，我的心胸開敞如一紙素白稿箋，總在試圖將雲煙塵事，凝定為一枚枚神奇的方塊字。關於詩文筆墨，關於情色男女，關於足底征塵，每一顆字粒，都在這長路紛歧、風雲詭變的人間世鐫下溫柔有情的足印，希望能填捕靈魂的空缺，為生命增添一抹血色。

也希望，所有俯身讀閱這卷書冊的世間人，都能因著此番的相遇，重新尋獲某種溫柔、某種有情。

二〇〇一年　仲秋洛城

目錄

序一——人間巷陌　黎錦揚　5
序二——一位文采斐然的朋友——蓬丹　陳乃健　9
序三——蓬丹論　阮溫陵　11
自序——牽情　蓬丹　18

第一卷【文字脈動】

夜未央　27
尋詩　29
我的初戀　31
「好看」的小說　33
找到文學上的愛人　35
與盧梭相遇　39
漂亮的作家　漂亮的作品　43

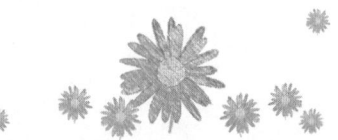

十年成一賦 45
文學咖啡香 47
研墨心情 49
靈明之心 — 重讀《人生之智慧》 51
情義漫想 — 仲夏讀書扎記 55

第二卷【愛情片語】

問情兩帖 63
陰影中的女人 67
失去純眞年代 69
膺品 71
女人味 VS. 男子氣 73
有點壞，又不會太壞 77

第三卷【生命觀想】

聽鳥的日子 81

念珠 83
歷史的呢喃 85
釦子的世界 89
盒子 91
這世界，有待改造 93
母與女 95
痛快 97
流雲 之一 99
流雲 之二 101
智者 103
被竊 105
名片千秋 107
逾越 111
天機 113
愛的能力 117
車禍瑣憶 121

木棉花開 125
天涯共此月 129

第四卷【人間巷陌】

夏季遠走 143
溫柔遨遊 151
城市遊牧 161
與水相親 167
府城足印 173
都會即景 179
異色海棠 185
巴西遊走 193
奔波組曲 201
田畦童夢 209

附錄——題旨雅正，用筆如撫琴的蓬丹 215

第一卷　文字脈動

每個人都必須找一個文學上的愛人。

——林語堂

Looking Through Allies

人間巷陌

夜未央

深宵不眠，想到一本新書的整編，益加輾轉難寐。

萬籟俱寂夜未央，翻身而起，由架上抽出幾本書作參考。突見兩冊作家書目，其中收錄了三百多位作家作品名單，書目是一九八〇年出的，書中所列入部份作家仍持續不斷在寫。但也有從未聽聞其名的作者，或是只在文壇一閃即逝的。

讓我訝異的是，一九八〇年之前，他們即有那麼多著作問世。那時我雖已是一名熱愛舞文弄墨的文藝青年，但讀閱的多是西洋文學作品。囫圇吞棗翻看世界名著，時間已不夠用，遑論本地作品。這些作品能流傳至今的沒有幾本，就算現有時間有餘力去讀，大約也不易找到了，連出版社之名亦前所未聞。

這固然是「長江後浪推前浪」的自然現象，不免叫人感嘆，孜孜筆耕而修成正果，著作得以藏諸名山者幾稀？

當然，要能經得起時間考驗才屬真有傳世價值的好作品。但所有的執筆者想必都如我一般，有過為推敲字句、思索章節或整編文稿而難以成眠的經驗，並在終於完工後，自覺此番工夫怕只有「臥薪嘗膽」差可比擬。

嘔心瀝血成篇，試圖在人世留下雪泥鴻爪，終被後來居上的足印淹沒，這似是大多數書籍的命運。但既已生成文學人，就必須將體內凝聚的文學熱量釋放。能輝閃一下也好，總強過從來不肯焚燒、不肯奉獻的蜉蝣過客吧！

書目中有一頁是「逝世作家一覽表」，益發令人感慨。至今仍被討論、被紀念的僅有林語堂、吳濁流等極少數。我於是想起，有年奧斯卡頒獎典禮上，其中一節目是放映已故明星電影片段，感覺特別有人情味。寫作者的努力應當如何予以肯定、重視與傳誦呢？

更已深而人未靜。

尋詩

國小五年級初次開始我的『筆墨生涯』。那年暑假自製一本冊子，興致勃勃在其中嘗試以各種文體創作，甚至古體詩、現代詩都胡亂寫過。那時渾然不知是自己體內的文藝細胞作祟，只覺任思想上天入地煞是有趣。後來想是得到學養豐富的老師的啟蒙，這些細胞才有成長發酵的契機。

至今難忘教五、六年級國語的孫老師。他說的故事個個引人入勝，也常選些好文章給我們作課外讀物。在還不懂詩的年代，他就用感性的聲調教我們唸徐志摩的〈再別康橋〉，引導我們進入詩的境界。

「尋夢，撐一隻長篙，向青草更青處漫溯…。」

於是我也興味高昂向詩中尋夢，撐一隻生澀的筆。那時以為，所謂的現代詩就是把散文斬頭去尾，字句無須連貫，但要簡短、要押韻。初中時代寫了好些吟風玩月的詩句，自己看了都覺如夢如幻，不知所云。後來放棄的理由倒頗堂皇——寥寥數行難以表達所思所感，其後還試著讀了些新潮派的詩，越看越如墮五里霧中，於是開始對『詩』這玩意逐漸失去好感與興趣，覺得詩人們未免太偏好考驗讀者的『猜謎』

能力。

當然，有時還是可以讀到令人眼睛一亮、心裏一動的絕妙好詩。例如一九九六年榮獲諾貝爾文學獎的席姆波斯卡，這位波蘭女詩人的〈博物館〉一詩，文字一點也不艱深，讀來卻鮮活靈動，一種洞燭人生的智慧躍然紙上。

「有餐盤卻沒有食慾，
有結婚戒指卻沒有愛。
……
由於欠缺永恆，
我們收集一萬個陳舊的東西……。」

還有一次與一首短詩不期而遇，簡單的字句顆顆珠圓玉潤。且讀讀大陸詩人桑恆昌的「觀海有感」：

「網老了，
魚還年輕。
船年輕，
海卻老了。」

好像又開始喜愛詩了。

我的初戀

看到這個題目大家或許會大吃一驚，心想這一向純情派的作者，怎也趕搭『自爆內幕』的流行列車，真是世風日下了。其實我最不擅於譁眾取寵，因此這裏談的是毫不羅曼蒂克文學上的初戀。

初戀本不限於人。對事、對物，抽象的、具體的都有可能，所以我們才會說狂熱地愛上了潛水、爬山、集郵、蒔花⋯等等。而任何形式的狂熱可能也都會產生戀愛的殺傷力，所以才有電腦寡婦、足球寡婦⋯之說。

初與文字結緣，也有許多的『初戀症候群』，例如寢食難安、患得患失⋯，放著現成的戀愛不談，偏要鑽進文字佈下的天羅地網，與自己的筆下人物糾纏不清。

大三時寫下生平第一篇小說。當時寫小說是覺得能把各種角色玩弄於指掌頗有趣味，此外尚可藉由小說人物，表達一些平常不輕易對人啟齒的心情或思想。結果這篇處女作就被中國時報副刊採用了。很大的策勵，但仍不好意思對人

說自己在寫小說，所以用了好幾個筆名掩人耳目。記得有篇文章是以一滄桑女子的口吻寫的，見報後有個好友對我說：「這一篇小說挺好看，文筆有點你的味道，但女主角已經上了年紀，又不像是你。」我暗自得意，好朋友也被我騙過了。

七十年代末出國後開始投稿中副，中央日報是當時海外唯一的中文報，發行量極大。小說刊出往往接到許多讀者來信。稱讚的、仰慕的、要求解答疑難的，甚至有因讀我文字覺我心地善良而求婚的。這些迴響是孤寂異國生活的強心針。我曾把二十餘年的寫作生涯劃分為四個段落──「啟蒙期」、「快樂期」、「掙扎期」、「沉潛期」。寫小說的那些年，我把它歸入快樂期。

快樂，因為用文字表達了唯美與理想的情操，得到讀者共鳴或編者肯定，在純粹為寫而寫，沒有任何企圖心的我看來是一種精神上的豐收。後來雖然散文成了最愛，但我想終有一天重回初戀情人的懷抱。

「好看」的小說

日前讀到某新銳小說家的小說集，想來應是屬於台灣所謂「情色文學」的一種吧？

情色文學是我回台灣才聽說的新名詞，可能我已是後知後覺了。望文生義，這種文學離不開愛慾或色情。多年前李昂的《殺夫》就因大膽刻劃病態男女關係而聲名大噪，後來無論已成名或未成名的作家便競相放寬尺度，或多或少都在作品中加些『色彩』。

一個寫小說的文友曾對我說，這年頭一定得在小說中穿插私密生活的情節，越露骨越逼真，才越有可能『一脫成名』。此名詞本是專門針對一些急於『賣身求榮』的小明星之流，出自年方三十筆耕者之口，實在怪刺耳的。沒想到她言行一致，果然寫了好幾篇前衛、煽情的文章，且還得到某大報文學獎，著實風光了一陣。

我絕非古板僵化的假道學，也贊同小說家嚴歌苓說的：「能夠寫好性愛的作家所寫的愛情是最具深度的，這樣的作家是最懂人性、最坦誠、最哲思的。」

澳洲小說家的《刺鳥》便因這種深度與力度成為經典作品。其他的例子也可舉出很多，甚至《金瓶梅》也不因為許多淫蕩的場景而有損其文學價值。

不耐讀的是只能予人一時感官刺激的作品。前面所提得文學獎的女作家本以為可藉得獎聲勢一飛沖天，可惜她跳不出情色的描寫，以致沒幾年就再無作品問世了。

我想她另一個消聲匿跡的原因是，越來越多新作者登場，他們的言詞更創新、意象更大膽、描繪更誇張，脫得更徹底。他們是所謂新人類、新新人類的新世代。前述那新銳小說家的集子，封面是一張極為『清純』的作者照片，以前可能會被封為『文壇玉女』，沒想到內容豪放極了，連我看了也直呼過癮！不能否認這個作者極聰慧，她用高度的文字技巧自由出入人類最隱私的領域，所有本應具有神秘性的情境被一覽無遺，真的可以說很好看，但是除了說它『好看』以外就沒有什麼可供咀嚼的餘味了。

現在的讀者要求的好像也僅止於『好看』。什麼心靈的震盪、精神的洗滌、靈魂的思索全成了讓人匪夷所思的高調。

找到文學上的愛人

天空灰翳如失明的眼珠。視線被對面大樓硬生生攔截，入目盡是僵冷灰牆。蜷縮床上，几角一盞再無餘溫的殘茶。拾起架上一卷書冊，沒情沒緒的翻著。

這是一名沈鬱的文藝青年，正試圖打發一個典型的蒼白日子。然而，看似靜如止水的生活底層激湍喧騰，內斂外表之下靈魂潮騷。渴盼有個分享內在脈動的知己，渴盼談一場驚心動魄的戀愛，卻又一再拒絕仰慕者的邀約，更不屑於參加一些被自己譏為俗不可耐的交誼活動。寧願封閉在租賃的斗室，以一介有所不為的狷者自居。

於今回想，那段年輕氣盛、作繭自縛的歲月，若不是種種典籍書帙，予我精神的慰藉與心靈的洗滌，真不知自己會變成怎樣薄情、無愛、寡言的另類？一如卡夫卡筆下的變形人，受困於一種荒謬又復荒涼的情境，終至異化為一隻無足輕重的蟲豸，隔絕而割裂於人的世界，只能在大氣層中漫無目的的游離⋯⋯。

當我終於將游離的視線自灰牆移回手中的書帙，凝注在一枚枚清明醒目的字粒上，失重的身軀才彷彿飄離了那一片灰色地帶，逐漸地進入一個柳暗花明、氣象萬千的世界。一冊又一冊文學作品，讓我神馳驚奇，神馳於天地日月的豐美，驚奇於心靈視野的遼敻……。那些字粒是一瓣瓣奇妙的翅翼，載我穿越時空，與一個個異地異代的人物相交。

文學大師筆下的正面人物，多屬稟性高華、情操貞烈之士，那種英雄形象令人著迷，那種生命境界令人嚮往。而書中的負面角色，卻能讓人領會一名具淑世胸襟而卓然成家的作者特有的悲憫情懷，他們總是對那些形形色色的丑角、配角寄予深厚的同情——正因小人物卑微的存在，才越能烘托出英雄豪傑的崇高品質。

或許是緣於這層認知與了悟吧？每閱罷一部發人深省的好書，感動之餘，內裏的抑鬱總能得到適量的寬慰，而關於存在的種種困惑也能得到某種程度的紓解。我似乎不再鄙斥週遭平凡無奇的芸芸眾生，也不再以批判眼光去看待他們選擇——或無從選擇的平淡甚至膚淺的生活方式。

當時年事尚輕的我，覺察到文學作品排遣了許多寂寥的時光，誘發了執筆的願望，也隱然知曉，讀書或多或少在我性情上起了潛移默化的作用。後來閱讀林語堂《生活的藝術》，其中一句話使我豁然開朗。他說：「每個人都必須找一個文學上的愛人。」大師認為個人都一定能從古今中外的作家中找尋出和自己性情相近者，這時你會像交到知己一樣快樂，你們悲喜相通，你的憂傷他也早已經歷，這時你會覺得你不是世上唯一受苦的人…。

終於明白，我的靈魂曾因過於執著而瀕於僵化．而一卷卷智慧的書冊，以其真摯的感情與道德的力量將之解凍。我開始有了溫度、有了熱量，正是因為找到了暖溶我心的愛人。

與盧梭相遇

坊間曾流行過類似《改變一生的一句話》的勵志性書籍。一句話就能改變一生嗎?聽來誇張，但相信可能。我一直肯定讀書的價值。在智慧的書頁間，往往會驀然發現一段文字、一個觀念，或僅僅只是一句簡單的話，卻能觸動心坎中某根荒疏的弦，令你為之震顫，從而頓悟。就算不能改變一生，苦苦尋覓的靈魂彷彿得到了某種救贖與安慰。

生命中曾有這麼一天，我在濱海的軒窗下，遇到了一則激醒人心、盪滌靈魂的佳句。

❊ ❊ ❊

一直被認為是幸運的，書香門第，算得上聰慧，夠用功，長得還討人喜歡，老師最常用的評語是『品學兼優』。

這樣一名莘莘學子，好像正一步步邁向朗天潤日的前程。與什麼流浪、出走、失落的一代，世路崎嶇這一類名詞不可能發生關聯，都這麼認為，我也是。

然而。內裏潛伏著的某種不安的因子，卻在青春期以後日益壯大了。外在表現仍不負眾望，心靈深處喧騰著莫名的騷動與苦悶。老想掙脫什麼似的，渴望飛翔，渴望遠方，且開始對既定的規範與教條產生質疑。

或許因著對一切太過認真，太執著於追根究底的緣故罷，水一般清淺的外表下，竟是熾燙如岩漿的魂靈。才氣縱橫的二十年代文人梁遇春曾如此自剖：「最感到苦痛的就是我的心太活躍了。」活火山一般的心是生之煉獄。埋入厚厚的哲學典籍之中，我焦渴地尋索存在的意義、真理與價值。在沾染著悲情、唯美與理想色彩的年歲，我執意探向自己的內心世界。不屑於俗世的讚譽或期許，無視於深情男子眷戀的目光，以為浮生種種俱屬煙幻虛華——眾人眼中，我突變為桀驁自負的冷色女子。

懷著一種不被了解的亙古寂寞，我飛離了家鄉，仍堅信，這世上必有一個了解我的人在驀然回首處等待。然而，行走陌生的國度，荒城落日，野漠窮秋，我在異域的悲風中碎散，如一枚無足輕重的、透明游離的單細胞。

深深的挫傷之後，遠避海隅，舔乾淚和血，在一扇可以遙望風帆與鷗鳥的軒窗下，我讀到盧梭的句子：「除了身體的痛苦和良心的責備以外，我們的一切痛苦都是想像的。」

智者的言語如清風朗月，拂照我桎梏的心靈。漸悟自己並不具備不羈浪子那樣的瀟洒，或是天涯獨行那般的孤絕。與其說我喜愛浪遊天下，不如說我的心曾經脫序，在不屬於我的軌道上運行。但是，異域的經驗，也終於使我更加明白了自己。柔軟、至情、多感。僻處內心世界，畢竟不是一個有溫暖，有熱度的人的本質 — 與這紅塵俗世，仍情緣未了啊！

以往，我在已經集結成書的文字中，細細掇拾心的吉光片羽，極力地用無瑕的字句雕琢美。讀者與編者俱曾如此表示：「妳的筆下，呈現美麗的心情國度。」而世途輾轉，心路崎嶇，我終能投入沸沸揚揚的人間煙火，甘於成為一粒雖微細但有溫暖、有熱度的火星子。美，是高境，畢竟並非實質的生活。

而當我的筆在紙與墨之間流浪，正是由於愛，由於慈悲，澎湃不已的靈思才能凝定為一粒粒恩深情重的文字。我想，我終究是幸運的，因為，當一切湮逝，文字拓下的足印將綿延不絕。

❊　❊　❊

若不是那麼一個有著風帆與鷗鳥的日子，我不意與盧梭相遇，也許，我無法破解思想的魔咒，也無法走出心靈的困境。雖然，生命並不因此否極泰來，我的文字生涯也並不因此青雲直上，但是，在流浪的歲月中，在峰迴路轉的世途上，我確信自己拓下的唯有愛，唯有慈悲。

漂亮的作家　漂亮的作品

接受一家廣播電台的訪談，主持人一見我就說：「妳怎麼這麼漂亮？」

她迭聲重複：「妳真的很漂亮喲！」

叫我怪不好意思的。我想我雖還算中看，其實當然沒有她說得那麼傾國傾城似的。她原來一定是把『作家』們想得太醜了，而我出乎意料地不醜，才使她大驚『失聲』。

一般傳統觀念中，作家們是名士派人物。落拓不羈，不修邊幅，甚至帶些清貧相。女作家們更是脂粉不施，稍具姿色者可能博得『超塵脫俗』之讚，但更多人認為她們是接近男女不分的中性人。因為作家們往往必須投注大量時間精力在稿紙上，守一盞孤燈，守一室清寂。若應酬頻繁，追求者眾，那有空檔絞腦汁寫文章呢？故而週末或夜晚仍在自家斗室株待靈感的，必是長相不太高明之流。

自己以前也認為，一個太注重外表或物質享受的人，是不可能成為好作家的，因

此從不屑於塗脂抹粉，更視金錢如糞土。對於捧著大把鈔票來取悅我的男士則避之唯恐不及，是個不折不扣的自命清高者。

走過青澀年代，走過崎嶇世途，方知當年太狹隘太執著，年輕人的眼界過高而又目光如豆。當然，作為一個喜愛文學，喜愛思索的筆耕者，我純真的本質至今不曾流失，但待人處事寬厚多了。以前被認為是超塵脫俗，但別人言下想必覺得我高不可攀。歲月磨去了銳氣，卻讓自己活得較為自在而開朗。

放眼文壇，卓然成家者並不盡是清貧之輩。推理小說大師松本清張是日本收入最高的個人，美國的麥克柯來頓出身律師，因寫小說躋身富豪階級，金錢給了他們更多創作的自由，反而更能心無旁騖構思好的作品。

文人『斯人獨憔悴』的時代已經過去了。文人無須再以窮酸形象來彰顯自己與眾不同，反應突出自己作為一名『精神貴族』的尊貴。

正因文人也願跨出象牙塔，走入人群，接近社會，他才能沾濡生鮮的人間氣息，汲取更多的生命靈感，而其作品也才能更廣泛地被傳誦。

現代文人應以做一個漂亮的作家，拿得出漂亮的作品為榮。

十年成一賦

過去曾有十年時間，我一直從事書目編纂的工作，目的是為美國各大圖書館提供中文新書資料。也希望使用圖書館的華人，能因此讀到經過篩選的好書，並藉以發揚中國文學之美，提升海外華人精神生活層次。

對於文學，我向來秉持嚴肅而執著的態度。文學創作是我精神生活中不可或缺的一環，也常常在作品中，把這份感受與大家分享，為的是讓所有的人都能沾濡一些文學之樂。

關於寫作，我的信念是：既然濡墨提筆，就要言之有物。既然白紙黑字公諸於世，尤須在文字、結構、內容與意境等方面，達到一定水準。否則，何異於用一些糟糠，汙染人們的視覺神經與精神境界？

近年流行所謂『輕、薄、短、小』的文章。當然，精緻的短文不少，讀來字字珠璣，人人擊掌叫好。可惜更多的是嬉笑怒罵草草了事的作品。這類作者譁

眾取寵，降低了讀者水準。

如何糾正這種現象，或者說，如何改善這種社會風氣呢？我想主要還是取決於作者的良知。

古人有言：一字窮歲月，十年成一賦。可見他們在一篇作品上千錘百鍊的工夫。除了修詞造句形成的『文字』之美，作者更須不斷充實自己，才能培養出深刻的內涵，也才能呈現出『文章』之美，而不僅只是堆砌一些華麗詞藻。

在充實自己方面，多讀書多觀察是兩大要項。讀書可擴大心靈視野，在別人作品中得到學習的機會。觀察週遭形形色色，使自己的作品不致脫離人間世。一篇好文章不是空中樓閣，更非無病呻吟，而必須反映現實，觀照人生。

十年成一賦，當然絕不是說十年才寫成一文，這種疏懶的態度也絕不是一個文字工作者該有的。我們應當把每一篇筆下的文字，都如同雕琢藝術品般，以它最完美的形象與世人相見。

文學咖啡香

咖啡對許多人來說，不過是一杯色相詭異的苦水罷了，居然能讓墨客文士煞費周章的一寫再寫，書名也爭相用『咖啡』二字，顯然『飲者留其名』也適用於咖啡癮君子呢。

文人們好像從十八世紀就和咖啡結了緣，手中端著這麼一杯苦水，似乎不自覺就有了些風流自賞、莫測高深的調調。曾經風行一時的《傷心咖啡店之歌》這部小說中形容：「咖啡杯是一種心的容器」，對我而言，喝咖啡的歷史也是一種心靈歷程。

其實大學前根本不知咖啡為何物，父母俱是敬業篤實的教師，忙於養家活口，無暇去關注什麼生活情調。記得小時候，一位長輩送爸爸一包巴西名產，一大包黑色豆粒，我當是糖抓起一顆就咬，當下恨恨吐出說：「天底下怎有這樣難吃的東西？」

沒想到多年之後，我的感覺竟轉換為：「天底下怎有這樣好喝的東西？」那時我已上大學了，課外書中提到海明威寫作一定要喝維也納咖啡，白先勇在台灣時也曾是

作家咖啡屋常客。此時我們幾個死黨才開始學他們泡咖啡屋，覺得挺浪漫且詩意，幽暗角落偷偷吸根菸，狂妄的以為自己終將有朝一日成為莎岡或叔本華。可能因著生活空間狹小，想像空間遂無限擴大，但是『人不輕狂枉少年』。那段泡咖啡屋高談理想抱負的時光是值得緬懷的。我的《夢，已經啟航》這部書中即曾提到早年的咖啡經驗。

《未加糖的咖啡》這冊小說集則是出國以後的作品。在加拿大留學時有很長時間不碰咖啡，因為死黨星散，喝咖啡也沒滋沒味了。後來到美國公司做事，上下午都有所謂咖啡時間，那十五分鐘釋放鬆懈的時刻，喝杯咖啡提神醒腦，一天比較容易打發。如此一天一杯漸漸就上了癮，成為工作中不可或缺之良伴。

總覺咖啡與我的生命情調十分契合，不過我指的是真正的咖啡，而絕非速食年代的即溶咖啡。正牌咖啡豆被研磨，被煮沸，在水深火熱的煎熬之中熬出淡淡的芳香，不正像一個接受鍾鍊的生命嗎？

文字道路花明柳暗，回顧生命中的人與事，無論是青春的迷惘，理想的索求，心靈視野的開拓……俱是在苦澀的滋味中透一絲甘甜。以後我去到不同的地方浪遊，異國的街巷，遠方的星空也曾倒映於我留戀的咖啡杯盞……。

長年羈旅異域，雖然不是處處無家的落寞與浪蕩，總隱然覺得漂泊，覺得不安，用《流浪城》作書名，其實是一份旅者心情的觀照吧。

咖啡的驛站永遠不適合久留，飲罷這一盅，又該上路了。

研墨心情

自認為是好寫作的。而多年來，作品數量，始終未達自我期許的目標。

常常獨坐桌前，有很明媚的窗景，很安靜的環境，很潤滑的紙筆。唯一不明媚、不安靜、不潤滑的，是腔子裏那顆心。

那顆心，如同枯竭的廢田，空虛的荒地，難以滋生隻字片語。簡直令人懷疑，當年作文課上，寫作經驗不夠，人生經歷不多，怎能在兩個鐘頭之內完成一組篇章，從不會遲交，更不曾脫期？

中學時，每兩星期上一回作文課。接連兩堂，作文得用毛筆寫。課前十分鐘的休息時間，大家就紛紛去端了水來，將硯池注滿，將毛筆浸軟，也有人開始慢慢磨墨，心情倒不像上別的科目般如臨大敵。

老師把作文題目寫在黑板上了。斗大的字，是起首的試聲。四下跟進了嘈嘈切切的弦外之音，自認為深得我心者微笑頷首；覺得缺乏共鳴者攢緊了眉尖。

偶而，老師會讓同學自由命題。這時，更是幾家歡樂幾家愁了。

大勢底定，老師或坐鎮講台批改作業，或囑班長管理秩序後便離席而去。台下人或振筆疾書，或埋頭苦思，交頭接耳，偷看閒書者也不在少數。更有人乘機趕別科作業。我通常必須先起草稿，初提筆多半也不知寫什麼好，但心思專注了，有些意識與感受便逐漸自內裏復甦、繁衍。這時，開始細細地在硯上研墨，濃濃的墨香四溢，已在等著被凝結成一枚枚筆劃清晰、骨肉均勻的字了。

大一國文課還得寫作文。此後，正式告別作文課，再也無人鞭策了。要寫，儘可以隨興之所至、心之所感而寫。然而，從此再無以前那樣的效率，再無法在兩個鐘頭之內完成一篇作品。

題材是不缺的。成長後歷經不少難忘的人與事。但事發時，往往衝擊力太強。當感情在心中激盪翻騰，特別有寫的慾望，但總是語不成句，句不成文。隔了一陣子，一切復歸平靜，便有些意興闌珊，覺得不提也罷。又推說，等心境再清明一些，下筆才會自然，行文才有條理，卻常常候不到那一日。

年輕時，天高氣爽的日子多，見山是山，見水是水。情緒遂平順如綾緞，什麼縐摺都一目了然。而風雨幾番，流年偷換，生命，已成為一疋層層印染的布，五色紛紜，莫衷一是。

因此，當我低首斂眉，展開稿紙，試圖在心田裏耕耘，卻只延攬一胸蕪蔓之時，便常常不免執筆而嘆，落荒而逃了。

墨痕淋漓的人生，一如最複雜的迷陣，似乎再也難以溯回那欣然起步的研墨心情了。

靈明之心

——重讀《人生之智慧》

中學、大學時代常閱讀中央副刊，那時剪存最多的除張秀亞女士的文章外，就是王逢吉先生的作品了。記得王先生的作品倒不是抒情散文，而是議論性、談生命哲理或解析文人思想的小品。當時我並不曾深思文中大義，只覺作者引經據典，看來滿腹經綸，主要是被那些婉麗多姿，千變萬化的遣詞造句吸引住了。吟詠再三之餘不覺詫異作者是如何得到這些字句的靈感？但，逐漸地，我也悟出作者必是下過許多工夫的飽讀詩書之士。

沒想到九十年代，有緣在洛杉磯親炙王先生的學者風範，並蒙贈送《人生之智慧》一套二冊的新版書。原來這就是當年在中副發表文章的結集，民國五十八年初版後，又發行了近三十版。這套新書則是民國八十一年重排新印的。此後它就成了我的案頭必備，隨時可順手翻閱的常用書。

這時，令人心折的除了那些讀來依然瑰奇優美的辭章，更是書冊中條理分明的思維哲理了。我亦徹然明白，精雕細琢的詞句只為殷切表達作者至情至性的生命體悟。故此這些華詞麗藻絕非虛有其表，反而使整個篇章雖歷經歲月，讀來仍鏗然入耳。

從文藝心靈初啟至今二十餘載，我已從一個多夢幻的少女長成一名多思索的女子，不再一意耽迷於美感與浪漫，而致力於在這蓬轉天涯的生命歷程中，尋獲足以安身立命的生存至理，因而讀了許多哲思性的書籍。如虛無主義、存在主義、享樂主義；理論的思辨、歷史的探究，往往越讀越迷惘——有時不得其門而入，有時鑽入死角難以超越。

此時，《人生之智慧》恰如清流湧泉般滋澤了我瀕於枯焦的心靈。其實作者前半生飽受戰亂的顛沛流離，正如序中所言：苦澀歲月，挫折重重，「居則忽忽若有所亡，出則不知其所往」，冰天雪地，寒澈心骨。但終能春蠶破繭、冷然凌霄，只因作者在茫茫大化、崎嶇世途之中，尋得文藝的沃野，保持了一顆靈明之心，憬然達到「以天地為穹廬，以萬年為須臾」的人生境界。

儘管天道靡常，人事滄桑，作者秉持靈明之心，在文字中注入了對人世的關愛之情。

《人生之智慧》談的是人生大道理。但全然避開了學究式的論文作法，而以溫柔婉約、行雲流水的散文手筆，昭示生命中的重要課題，例如人之本質、人與欲望、人與情感、人與友誼、心靈之開拓、人格之鑄造、生命價值等，都是世間男女必須面對的關鍵，必須思考的問題。

〈人與情感〉一文中，作者娓娓敘述「只是當時已惘然」的男女之情、「鞠躬盡瘁，死而後已」的家國之情、「同是天涯淪落人」的朋友之情。正因人間至情難得，「其人雖已沒，千載有餘情」之句才能千載傳誦。

文中並談到莊子主張無情，並非如表面所說否定人間至情，而是排除一種庸俗的私情，排除內傷其身的物欲。「無人之情，故是非不得於身」，從物欲中脫穎而出，才可不為人事所迷惘，不為感情所迷惑。莊子「永結無情遊」震古鑠今的哲理，在本文中有深入淺出的解析。

〈人與友誼〉文中，作者開宗明義說道：「來也匆匆，去也匆匆的幾十年生活裏，父母與朋友乃是生活結構上的兩大支柱。」因此，人有嚶嚶求友的本能。孔子說：「獨居而無友，則孤陋而寡聞。」然而，蘇東坡也明白昭告：「人之難知也，江海不足以喻其深，山谷不足以配其險，浮雲不足以比其變。」讀此文不覺心生警惕，原來交友並不簡單，交到益友更是一門學問。許多人都有被損友背叛出賣的經驗，尤其現代功利社會，古人刎頸之交、肝膽之義的故事幾近神話。

書中智慧的話語俯拾即是，而作者又將東西方的思想融會貫通，一部談情析理的著作，讀來絲毫沒有艱深之感，反而越讀越有味。以上隨手擷來二例已可發人深省，通篇閱後更覺靈機畢現，世事澄明。

情義漫想

——仲夏讀書扎記

仲夏書情

前年遷離舊宅，各種書籍文稿十餘箱，好些至今未拆，存放媽媽家裏。今夏油漆房子，偷閒整理了一番，幾項久未尋獲之物終於自層疊積壘的箱櫃中『出土』了。其中有篇讀書扎記，名為〈仲夏書香〉，竟與我前些時撰寫的一系列〈愛情片語〉一脈相承，闡釋的亦是對情理道義的觀感。

此刻又恰值仲夏，流光迴轉，世事多變，但相信某些基本的人生道理是歷久彌堅、千古不易的。

因緣情路

記得讀《人生行路》這本書，還是由於一段奇妙的因緣。那年我在書局工作，有天下午老板說起一位外州來的女士到書店買書，在書架上翻到《人生行路》，便說她是該書作者，我未見到她，也不曾聽過顏陳靜惠的名字，但因書得了聯合報中篇小說獎，想必相當不錯，果然讀後我就不捨放下，並寫了讀後感登在世界副刊。

顏女士看到這篇文章，來函致謝並相約見面，我們因而魚雁往返了一段時間，也有機緣相晤，但她後來改讀「法律」，寫作因此中斷了。這是後話。

《人生行路》的故事寫的是台籍富裕家庭的專制母親，使她的四個兒女都遭受了學業或婚姻身不由主的痛苦。長女千惠赴日求學，卻因自知戀愛對象不符合母親的條件，捨棄了一段真摯的異國感情。她回台相親，相到了一個條件不負『母』望的富家子，原以為雙腳些微的缺陷無關緊要，婚後才知道那種缺陷嚴重地影響到夫妻生活，使千惠身心備受煎熬，掙扎在離婚與否的天人交戰之中。最後，她憬悟：

「夫妻間除了情，還有義；情字多變，要渡過漫漫相守的歲月，沒有『義』便難以支撐…，情脆弱而義堅定；古來多少患難夫妻，與其說是為情，不如說是為義，才能同甘苦，共生死…。」（《人生行路》第82頁）

坊間論述夫妻之道的文字不知凡幾，這短短數行最得我心。婚姻是嚴肅的，下定決心與對方共渡此生，是一份情，而堅守這份情，卻是一種義的表現。情是自私的，義卻是無私的。情深不能保証義重，義重卻能昭顯情深。而今世上有的是沉溺在情山孽海中的男女，但能持之以義卻不多——信誓旦旦只因一時私愛，若與己利有所衝突，立刻恩盡義絕、勢不兩立！

此外亦有人認為，既謂之『情』，便只是盡情。緣了情斷之時，即當毅然分手。令人不解的是，這樣做固然乾淨俐落，心理上卻總存有某種難以抹煞的悽愴憾恨之感。《人生行路》書中的這些文句，讓人醒覺這原是一種未能以義為屏障的用情，動的雖也是真情，卻易流於濫情，濫放濫收，如一把無法薪傳的野火——那份悽愴憾恨，來自於一種熄滅的悲哀。

情燄難燃

正因情義未能兩全，現代人的姻緣情路往往坎坷難行。雖然許多受過高等教育的現代女性抨擊婚姻制度，但大多數尋常女子仍覺婚姻代表的是一種成就，所以一心一意在覓取姻緣的道途上前仆後繼。她們對愛的感覺不是生死以之的，更不認為『情』字有何複雜難解，良好的姻緣是條件的組合與利益的輸送，所以交往後分手，她們也頗能打理自己，她們的邏輯是這樣的：

「他已經不愛妳了，妳當然也不愛他！他已經不愛妳了，妳為什麼還要愛他？」聽來固然勢利現實，但這也是由於無情無義的男子越來越多，女性將『婚姻』視為足以保障自己的權益的一種契約。談戀愛差不多等於談條件，開始時不純情，結束時也就不傷情。條件不合可以用緣份未到來自我排解。其實這種女性可能十分賢淑，對婚姻也可能十分忠貞，只因現實需要過度保護自己，再也無法由內心深處燃起熱烈的情談，比起五四時期那轟轟烈烈、卻常以悲劇收場的愛情事件，現代人是幸還是不幸？

深情難了

《未了》與《想我眷村的兄弟們》都是小說家朱天心以眷村為背景的著作。《未了》是八十年代的舊作，沒有後者出名，讀來卻更有一種蒼涼的、綿遠的懷舊韻味。

九十年代前的台灣，眷區或公家宿舍區三十餘年來孕育了不少下一代。在這種環境中渡過的童年，遊伴特多，其中不乏勾過小指頭說要永遠好下去的膩友。當時自然不懂永遠是什麼，只覺沒有任何力量足以改變現況。總要到好多年後，大家早已疏遠離散，回想起這一段童心稚情，胸腔裏乍然泛起的溫熱感覺才讓人明曉什麼是天長地久。由眷區的變遷體會出人生的無常，緣已盡而情未了──天長地久的未了情，總是牽挑出人心深處最細緻的一絲悲涼。

《未了》的故事，我覺得特別扣人心弦的一段是女主角縉雲懷念小學同學陳正鵬：

他是一個農家子弟，外表粗黑，脾氣暴躁，常挨老師罵，根本不是她那一國的人，但是他每天中午都會自田野裏摘了荷花來插在教室門框上，「他因專注認真而微微嘟著嘴，眼睛瞪瞪亮。」這景象深印在她腦中。然後到她考上大學的這年暑假開小學同學會，聊起各人的際遇變遷，有人提到陳正鵬，作者這樣寫道：

「縉雲忙問陳正鵬怎麼嘛，記憶裏一搜就搜到了，那個摘荷花的男孩子，他們說，陳正鵬死了，去年就死了，說他國中畢業後就在一家修車廠做事，做了一年半載下來竟也成股東之一，去年冬天跟車廠工人在夜市吃宵夜時，跟人家喝酒的不良少年起衝突，當場被扁鑽捅死的。

縉雲聽著有些恍惚，分明是報上社會版的新聞，怎麼會犯到她的世界裏來，想來想去想不透，去年的事，去年冬……，那時自己在幹什麼？不知他死的那一刻，她正在做什麼？有沒有心一動，或睡夢中輕蹙了一下眉頭？唉，又有什麼相干呢？……可是不行呀，那荷花清香那麼清楚，飄進仲夏的夢裏來，似真非真，她抬起頭來看，見他正輕著聲息大手大腳的踮著身子把花插在門扉上，因專注認真而微微嘟著嘴，一雙眼睛瞪瞪亮。他這樣匆匆來去世上或只為了趕一場那一年六月荷塘裏的花事吧，這竟像是一個不可洩露的天機，就她和他窺得了……。」

人生天地間，忽如遠行客。其實，生命的每一程路途行過，再回首總覺得恍如一夢。但是再也無從歸返，去求証那究竟是真是幻，只能越行越遠⋯。

瞬間的悸動，無緣的情份，中斷的牽繫，因其短暫、未了，往往更加叫人牽腸掛肚、緬懷不已。

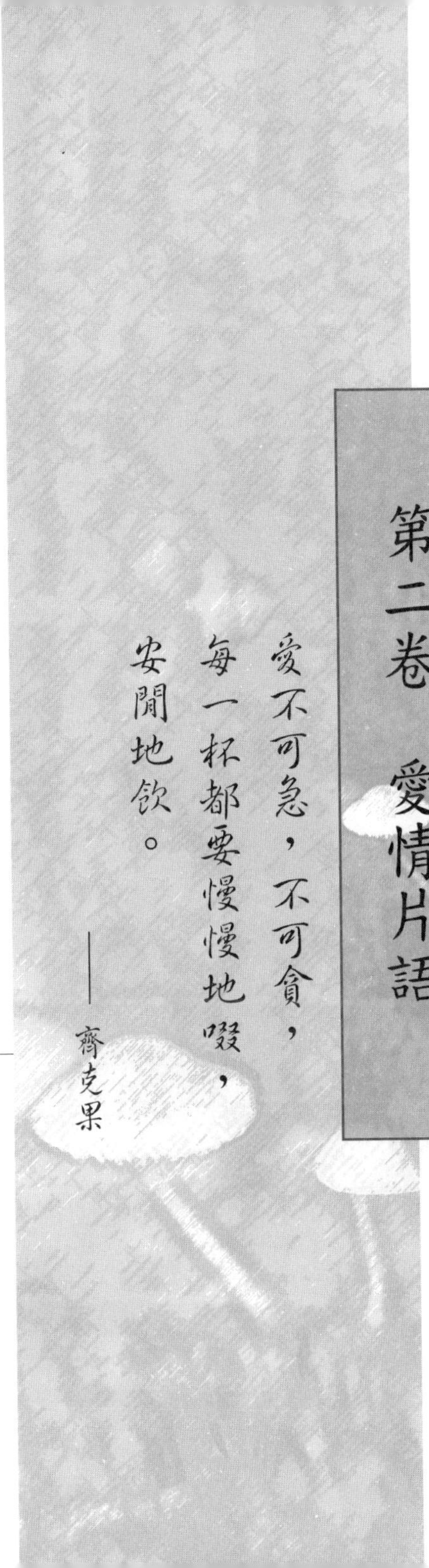

第二卷　愛情片語

愛不可急，不可貪，
每一杯都要慢慢地啜，
安閒地飲。

——齊克果

問情二帖

問情

曾經應邀為「工商婦女會」作一場演講，講題是「從情字開始」。

當初設定這題目，是想婦女朋友比較關心感情問題。其實坊間有關感情的專著早已汗牛充棟，談兩性關係、夫妻相處與家庭問題的文字可說連篇累牘。但是當我提出這個題目，婦女會幹事們一致贊同。可見人們談情說愛儘管千年萬代，世間男女想必仍有相似的困惑。

感情問題包羅萬象，不止存在於男女之間，還涵蓋了親情、友情、師生情、君臣情、家國情、山水情，甚至『同志』之情。真是千絲萬縷，錯綜複雜。而這所有的恩怨情仇，又難以歸結出一個公式或準則。誰能因感情而充滿幸福感，彷佛全得看造化。

從情字開始——我從男女之情的層面開始切入，舉出一些趣味性的實例，希望聽眾笑逐顏開之際感到

『情』的可喜。本來兩性關係就應當充滿喜悅與眷戀，而不是委屈和僵持的。但我們有時身不由己受制於外在環境，例如夫妻一方失了業而影響家計時，兩人的關係一定不由自主就會變得緊張 — 麵包與愛情之間如何取得平衡，夠人談上一天一夜了。

而會後，每個人提出的問題也都可以成為一場精彩的座談主題。提出問題的居然都是男士，可見並不只有女人容易受制於感情，男性朋友也常為之傷神不已。

問題之一是：「在婚姻關係中，如果有一方在外對另一方產生了無法遏止的愛戀，該怎麼辦？」

問題之二是：「芸芸眾生中，該如何又到那裏去找一個自己滿意的對象？」

這類問題，何止可談一天一夜，夠你談上一生一世了！

人中極品

上述問題之一聽來像老生常談，坊間論婚外情的文字也不計其數，然而我還是被問倒了，不知三言兩語怎麼解決；而提問者，顯然也因此不勝其擾。

真的，應該怎麼辦呢？

若真有一個妥善的處理方法，社會上怎麼還會產生那麼多因外遇而殺妻、弒夫、自盡、自殘或同歸於盡的悲劇呢？可見洋洋灑灑的專家文字，千方百計的解決方式，仍有無法企及的死角，仍有眾多的人選擇用最不堪的方式反擊負心的一方，終於使所有當事者均慘遭滅頂於情天恨海的命運。

就算受傷的一方不那麼極端決絕，能夠理性的隱忍，耐心的等待，發揮了最堅毅的愛情力量，使那變節的另一半終於悔不當初地『棄暗投明』，破鏡真能修補得毫無裂隙麼？

外遇真是無可饒恕的滔天大罪嗎？如果我們理智的思考，是不是可以坦承，外遇幾乎是一種人的本性，對婚姻的堅貞，對配偶的忠誠，可能只是我們在壓抑本性。

這並非危言聳聽。試看我們自己平時的表現吧。愛穿新衣、試新餐館、換新車買新屋。在同一個城市住久了，就總想出走，越遠越好。在同一個工作單位呆長了，也不免覺得老板那張嘴臉叫人忍無可忍……。得到夢寐以求的新衣、新車或新屋，整個人似乎頓時煥然一新；去到嚮往已久的渡假之地，整個人也立時活力四射，不再認為此生乏味了，不是嗎？

外遇，是否類似我們對新事物的渴望？日復一日面對同一個人，一張全新的面孔、一種異樣的風采是否比較容易讓人重燃熱情？

然而，出軌者或有其值得深思的心理背景，我仍在一篇題為〈謎中謎〉的文字中這樣作了結論：

「作為一個理性、負責的血肉之人，我想我們除了有情，更要有義。婚姻是一種承諾，既已許下相守一生的信誓，便不應輕言放棄，更不可因濫情或自作多情而傷害別人⋯⋯。」

有情有義者，確然是值得效法的人中『極品』。問題是，多少凡夫俗子具有成為『極品』的材質呢？

陰影中的女人

朋友在感情漩渦中浮沉數年，終於痛下決心和他分開，只因他的一句話如棒喝般讓她驀然驚醒。

他說：「我和我的妻子，只是生活在一起，和妳相處才有愛的感覺。」

弔詭的是，當初也就是這句話，令她著迷不悟，留戀不返，執意做一名陰影下的女人猶沾沾自喜。

迷信著愛情。迷信愛情將如陽光，驅散所有陰影。迷信男人已把所有感情付給她，尋常生活不過是無足掛齒的渣屑，不過是無足輕重的柴米而已。抽離了愛，抽離了感情，生命與行屍走肉何異？她甚至不屑去嫉妒那個正牌妻子，認為男人就算終宵睡在那女的枕邊，只是軀殼罷了，他的心其實是一直伴在她左右的。

她幾乎被自己這種偉大的情操感動了，認為自己全然不同於一般小格局的第三者──不，她根本不是第三者，她是他心中唯一。一般情婦永遠與正牌妻子爭權益、爭名份，她不去爭，因為她不認為那女人是她的對手。

但是，當這種信念越來越強，感情越來越濃，開始波及她的生活 — 他的音容笑貌開始不斷在她的日常生活中出現，逐漸佔據了她全部的思維 — 她不免在倚閭而等無人的時刻自問：孤枕難眠的冬夜，誰來暖她的被窩？洗手作羹湯的春宵，誰來陪她掃盡一桌佳餚？思憶填不滿空寂的房間，想念填不滿空寂的時間 — 他，也許是她生命的核心，卻不是，從來不是她生活的重心！

若她真是他的唯一，他為何不選擇與她一同生活？為何不參與她的日出與日落？僅能共享短暫的、激情的片刻？她曾以為，這樣有光有熱的片刻足夠她與形銷骨蝕的空虛對抗，然而生活日復一日，對抗得了今天、明天…還有永遠呢？

是『永遠』一詞令她不寒而慄了。她終於意識到自己的感情是無根的，沒有穩穩紮在生活的土壤裏，如何去向狂風暴雨迎戰？情海翻騰，沒有同舟共濟的雙槳，又如何乘風破浪？他們之間只有乍起乍滅的激情，欠缺日積月累的恩情！

更諷刺且叫人啼笑皆非的是，因著她的隱忍不爭的『風度』，正牌妻子甚至不知她的存在，反而讓男的悠遊自在，兩面人般與雙姝週旋，在那女人面前是個標準丈夫，在她腳邊則扮演曠世情聖…。

她默默辭掉了工作，搬了家，搬離了陰影。

失去純眞年代

報載一名警員舉槍自盡。

他的自裁不是為了舞弊案，不是為了常見的升遷問題或犯錯畏罪，而是由於兒女私情 — 相戀女友要求分手，他在遺書上表明「沒有她，我也活不下去了⋯⋯。」

並非聳人耳目的大消息，死者也非引人注目的名人，這則新聞卻上了社會版頭條，想必是這年頭會為情自裁的人果真成了『稀有動物』了。

一般的直覺反應是此人太傻，情緣已了犯得著賠上性命嗎？血氣正熾者可能會打抱不平：「要我死可以，她也別想活！」以往的感情事件受害者多半只限於當事人。古早年代，情困者大都選擇自我了斷，自殺、出家、終生不婚等等。當自已被感情折磨得活不下去時，仍希望對方能因自己的退卻，而有更大的生存空間。以一己的犧牲換取對方的重生，往往博得對方永恆的懷念與眾人長時的感喟唏噓。

然而，那樣重人格、重情義的時代彷彿已一去不復返了。

百無禁忌的現代人早已慣於從一張床流浪到另一張床。人們不願承擔長久許諾帶來的壓力，只求一時感官享受。一旦兩人關係呈現綑綁跡象，即想『下床求去』。猶沉溺於幸福假象的一方不甘於耗時又『失身』，便頓生殺機，且採『連坐法』，欲將對方連同家人趕盡殺絕而後快。當初既以貪圖享樂的利益為出發點，談不上愛，甚至根本不知情為何物，報復起來自是心狠手辣，不留餘地了。

虐殺前妻前夫子女，與親生後輩同歸於盡，毒害岳母妻舅…一小塊一小塊新聞塞在社會版角落，破碎的人生切割著人們的視覺神經。當我們的眼睛因慣看血腥而不再淌淚時，一個以自絕行動表明心跡的男子，卻讓我們的心因憶起失去的純真年代而淌血了。

膺品

記得有一個自詡集律師、婚姻導師甚至密宗導師，聽來似『師奶』級人物的女士，曾公開對媒體宣稱她的二度花開的婚姻是一場騙局。

當時對此新聞，我第一個感覺是這年頭的女性似乎流行『公器私用』。尤其是些半紅不黑、小有知名度與影響力的女子，常模仿影藝人士炒作新聞以增聲勢。前此頗轟動的女記者與政府官員之間的恩怨可謂炒作成功的一例。

『師奶』級女士起而傚尤，將婚姻失敗的私房事公諸於世。說得好聽，固然是警惕眾家女子，婚前可要睜大眼睛。說得不好聽，何異於自己招供那『婚姻導師』之金字招牌是假的。

若我記得沒錯，『師奶』是與貌似金龜快婿的男人認識未久，好像才兩星期便結成婚配。會使用此種『速配法』，心態上便有些問題。像極採購商品——外表看來無瑕疵、未破損、價碼過得去。師奶慶幸自己眼明手快，早早擄獲這個號稱美國碩士、家有房產、正值四十餘歲盛年，外型差強人意的真命天子。

既是『婚姻導師』，她當然心知肚明，除外在條件，尚需考量許多內在因素。品性、操守、為人、思想⋯⋯這些俱需假以時日彼此觀察、互相溝通。而在這觀察與溝通的過程中，若兩人誠心交往，就有可能產生感情而願意在各方面盡力協調與適應。

未經協調與適應，只純粹假設或相信對方合乎自己訂下的條件而冒然投入婚姻，會因真相大白而大失所望。對方不見得刻意隱瞞，是根本沒機會招認。或者也會投機——生米已成熟飯，即使有假學歷、暗疾或其他不可告人之事又何須再提。然而這些一旦被識破，另一半難免覺得被耍了一記。『婚姻導師』即因發現她相中的郎君既無碩士學位，又無房產而狂呼上當。

在怪罪商家販售贋品的同時，是否也該怪罪自己太過急功近利，論斤稱兩談條件，以為聰明到可以愚弄盲目的愛神，豈知自己反被譏為『有眼無珠』了。

女人味 VS. 男人氣

參加了一場來賓十五人，只有五名男士的晚宴。

其中只有一位男士帶了太太，餘皆未攜眷，而女士們，無論單身或已婚，一概單刀赴會。

席間鶯聲燕語、酬酢舉杯，男士們嘆道：「這年頭盛產女強人！」此嘆，不知是讚嘆，還是慨嘆？

另一男士接著說：「以前在台灣，應酬場合是大男人天下，大家都不帶太太；現在是女強人王國，大家都不帶先生⋯。」

被一位女士攔腰打斷：「無論男女，強就是強，實在不必刻意強調這個女字。」

另一位女士語氣亦有所不平：「女強人這個名詞常被曲解成沒有一點女

人味！」

『女強人』一詞已流行多時，但一直未被婦女同胞全盤接受，因為一般提及女強人，幾乎就是意味著，她簡直不像個女人了。

我覺得，女強人和女人味絕對可以和平共存，但這也絕對需要，世上另一半人口的通力合作，全心支持。換言之，女強人的女人味，還得男士們來加以助長，否則很可能就會逐日枯萎而至蕩然無存了！

這個邏輯並不弔詭，試想女人因事業有成而遭致丈夫疑妒或男友不滿，而她問心無愧俯仰無悔，為自己辯解時難免不杏眼圓睜，難免不提高音量，僅僅這樣就難保不被自知理虧的男子指控為——沒有女人味。

其實，女人的自我要求一般是頗嚴格的，除非選擇不婚，否則她一定希望事業家庭兼顧。一個胸懷大志的巾幗英雌，並不見得就會上演拋夫棄子的革命劇，通常她反而會百般鞭策自己，在事業奔忙之餘，挪出時間為丈夫子女作些什麼，否則她還會產生罪惡感呢。

這份罪惡感，一直是女人難以拋卻的包袱，但也是使女人得以比男人更具成熟之美的因素。試問那一個所謂事業成功的男人，會為不能回家『燒飯』產生罪惡感呢？他會為不能回家『吃飯』感到一絲歉意，已經自覺是個俠骨情腸的偉丈夫了！

而一名女強人，工作再忙累，若另一半表現得知情合理、體恤入微，她必定仍心甘意願為他張羅家務的。

一個女流之輩之所以顯得張牙舞爪，聲色俱厲，多半是因沒有得到男士的尊重與體諒。只知冷嘲熱諷或百般挑剔的莽漢愚夫，徒徒將那紅顏女子、粉黛佳人折騰得心急如焚，五內如絞！

一個心急如焚，五內如絞的女人，當然是表現不出一絲女人味的。

而無法讓女人表現出女人味的男人，我們也可以說他沒有男人味。沒男人味，就是沒有男子漢的見識、風骨與襟懷，說得再白一點，就是缺乏男子氣，因而簡直不像個男人了。

有點壞、又不太壞

「好男人也會讓女人受苦！」女友發出驚人之語。

女友是性情中人，生性溫柔，待人誠懇，另一半也是個斯文厚道的君子。大家都覺得他們是一對佳偶。女友卻不止一次告訴我，婚姻似在逐日逐月蠶食她的生命，讓她覺得生活壓抑、苦悶，不合乎她飛揚、率性的本質。但又挑不出丈夫的毛病，以致於她能好好宣洩自己情緒的機會也沒有。

她說：「我真想熱熱烈烈演出一場一哭二鬧三上吊的人生好戲呢！」

確實是個挑不出什麼毛病的男士。工作認真賣力，毫無不良嗜好，每個週末打理院子，替老婆洗車，買完菜後還帶她上館子，甚至從不多看別的女人一眼。

女友說：「反而是我看到漂亮女孩會指給他看，他總是興味索然說沒什麼嘛。」

我們戲言：「妳老公眼裏只容得下妳一個人。要不嘛，就是他有同志傾向。」

我們認為，她人在福中，沒見到那些備受第三者困擾的女人，那可不是好戲連台的精彩人生，而是會讓你生不如死的人間悲劇。

女友仍堅持己見：「你們這些人都很孤陋寡聞，沒有看到報導統計嗎？有成就、能幹的男人，都是活力充沛，爭相表現自己一等一的魅力與能力，所以在感情紀錄上也不肯屈居人後！」

她繼續：「一個對女人沒興趣的男人，可能對很多事也都燃不起熱情，沒有勇往直前的那股衝勁。」說的也是。女友因此覺得生活如一杯溫吞水，缺乏光和熱。但又找不出他的任何差錯，以致她沒有拂袖而去而去的理由，便只能溫溫吞吞地延續著兩人的關係。

女友說：「最好的伴侶應該是有點壞，又不太壞的那種。」

有點壞，又不太壞——天底下有這種衡量感情、評估異性的磅秤嗎？

第三卷　生命觀想

要在這廢墟的世界中
找尋出路。
——卡謬

聽鳥的日子

炎暑揮汗之際，常不期然想起北國的夏天。北國夏季是鳥族最忙碌的節令。忙著歌詠，忙著飛翔，彷佛要把一冬的疏懶都彌補起來。

高緯度的北方小城之春，仍然天寒地凍。所謂春季往往只是長冬的強弩之末。偶爾聽到一聲怯怯的、生澀的鳥鳴，一忽兒就被那春寒給凍回去了。

一入夏，鳥兒們可再也關不住了。令人又一次驚奇知道：原來牠們的嗓子如此清越脆亮。原來，夏季不只專攻顏采的醞製，它也負責調音呢。

總以為有樹有林的地方才有鳥，其實不然，那時我住市中心，公寓窗子正對著對面住家的兩管煙囪。煙囪已被薰得漆黑，暗色窗帷使那屋宇更形陳舊，我租賃的公寓也已相當古老，平常幾乎聽不到任何聲音。

天暖之後，整個景象也熱鬧了起來。對面人家開始油漆房屋，暗色窗帷揭開了，垂

下一層白紗簾幕。公寓前的草坪有人出來走動，曬太陽。樓下那孤單的老人也展開笑容，因為他可以牽狗散步了。

每日清晨，細碎的鳥鳴輕輕滲進因闔起的厚幔而仍然黝黑的臥室，如母親催起的低喚，其中夾雜些微人語和犬吠。一汪黎明的舒坦與平和，緩緩漾進初醒的眸子，昨宵的夢魘，已不著一絲痕跡了。

起先倒也未曾留意這些鳥鳴的來處，只當是鄰居豢養的籠鳥，也說不定是那家人購置的自然錄音帶。有一天，在滿室鳥囀之中醒來，拉開窗幔，卻見那煙囪上齊齊整整一列小鳥，操練般在初陽映照中引吭高唱。

我凝聽著這清晨的禮讚。群鳥時而抖動著薄薄的翅翼，或低頭梳理身上的羽毛。時而飛起旋個圈，或從這管煙囪躍到另一管。牠們彷彿在上演一齣歌劇，而莫扎特的「魔笛」似乎也沒有這般豐富的啼囀。那小小身子是一只變化多端的音樂盒，播送著雲的短歌、風的清唱、晨曦的組曲、溪澗的迴旋⋯⋯。初陽在牠們身上潑滿碎金，令人恍然以為，牠們其實是童話書中的金鳥⋯⋯。

市塵中也可以發現林鳥的蹤跡，不能不說是遠離自然的都市人，所餘不多的福份之一。關於卜居小城的清涼之夏以及那些個聽鳥的日子，也是遠離北方的我，所餘不多的美好回憶之一。

念珠

在西來寺靜坐聽講。

當星雲大師以沉緩的語調說道：「生命如念珠。」我不由心中一凜。本以為念珠只是一種修行的道具，不知它具有如此幽深寓意—生命如念珠，顆顆粒粒，串連的是每期生命的『業』。

大學時在外租屋，房東夫婦與母親同住。那位先生對母親極其冷淡，可能因她年事已高，耳不聰目不明而溝通困難吧，他很少同她說話，而說話時也是十分不耐的高八度的聲調。房東太太對她更是一副不屑理睬的模樣。

常見老母親一個人坐在她幽暗的，屋子僻角的小房間。那兒陽光不易射進，房內瀰漫著一股鬱澀的、凋傷的氣息。老媽媽坐著，坐著，她一身玄黑衣衫融進春日遲遲或秋夜寂寂的深沉色調，幾次打她房門經過，我都瞿然一驚，不知她是

否已化作一尊泥像。

枯萎的臉容失去了表情，陷在舊竹椅中的身軀文風不動。若不是看到她的手指，仍持續地、規律地捻動著一串念珠，我真的覺得她已沒有了任何生命跡象。

空茫的眼神凝注前方，念珠卻像一顆顆發亮的眸子，細察前世今生種種業障。在不斷地撫弄珠串之時，老媽媽是否已勘破了一切，五蘊皆空、六根清淨，人世苦厄自生自滅⋯⋯。

老媽媽念珠從不離手，只要她醒著，手指便不停捻弄這串珠子，深褐渾圓如龍眼核的珠粒被摩挲得剔亮，這印象難以磨滅，使我在數年之後寫下一篇名為《佛珠》的小說。生命的悲情在文字中得到詮釋，但存在的業障，卻需窮一生之力去求超脫啊。

念珠，曾讓一個無助的靈魂得到某種安慰與寄託，也讓我在惘惘的生命迷思之中，感到某種溫潤的、屬於宗教的昇華力量。

歷史的呢喃

一個多陽光的午後，我將燙熱的車子駛入一徑芳草夾岸的小道。

小道盡頭處，原來是一座規模不大的博物館。

這博物館看來已很古舊了，大約是二十世紀初修建的西班牙式莊園所改裝。石砌的通道處處有著剝落的痕跡，攀爬的藤蔓如牽絆不清底愁緒般，遮覆著半壁牆。但是，我那沒有被陽光照亮的心卻乍然歡騰起來了。不僅僅是因為這一向我把自己禁錮在塵囂之中，這一方意外尋獲底陰黯陳舊讓我感到憩息的沁涼，更因為今天這裏展出的竟是中國古代的藝術品 — 哦。我突然發覺，即使是居住在最繁華最現代的都市裏，鄉愁，仍是一痕難以治癒的內傷！

是一些私人的收藏，數量不多，所以沒有什麼秩序或系統，也不是什麼有名氣的作品，但是那樣一種隨意的展覽方式，不用欄杆隔離，也不用玻璃圍護，就任人毫無障礙地跨入歷

史，那種千年一瞬的感覺卻令人深深悸動了。

自牆頂垂掛下來的巨軸，展露一片完好的宋朝山水。綠嶂青石，流水人家，貼進了去看，墨漬清晰，不禁疑惑久遠年代之前的一個畫者，果真俯身在這卷幅之前，將他對家園故國底情懷細細描入？彷彿能看見他運筆的手背上青筋微弓，一筆一筆地勾勒著那山樹上底千萬葉片 — 每一片俱是染著綠色鄉愁的旅思，而旅思，又何止千萬？他稍一著力，墨漬渲染開來，便是群峰底陰影，他歇筆時略一喘息，突然憶起，家鄉初綠的柳條，曾怎樣拂過映著他青春倒影的溪水，微顫的筆端便在畫幅上牽挑起無數依依垂枝，纖細如同收攏不住底舊夢…。

一柄長劍，擱在一張圓形的石桌上。劍尖處已磨損了，陰白的劍身上呈著斑駁的紫褐色。說明卡上解釋，這是秦朝的兵器，而那些紫褐的斑痕不是鐵銹，是血跡。秦朝，一個多戰亂，也因此多英雄豪傑的時代，那柄劍，曾隸屬於哪一名俠勇之士？曾在多少征戰之中閃現過它底寒芒？沙場上無月的深宵，英雄寶劍出鞘底聲響，是否曾驚醒了征人濺血的歸夢？而當那劍矢毫不猶疑地刺向敵人的心臟，沾染著鮮血底壯士的手，又是否曾有過猶疑？

此刻，那柄劍默默地平躺在冰涼的石檯上，彷彿在說明一種沒有棺槨，沒有泥土的死亡 — 那陰冷幽異的紫褐色，簡直就如同一縷戰場上無主的孤魂。它不再昂揚鋒銳，不再含英吐華，它馱負了千載的帶淚滲血的故事已被異國熾烈的陽光燒成灰燼…。

我舉步，逐次停佇在一些杯盞器皿，幾列絃管笙簫，還有少許錢幣、衣飾之前，我不知它們都歷經幾度輾轉才來到這遙遠的異域？而在那種恆久的端凝冷肅之下，翻騰的又是怎樣的故事？它們也許沒有畫幅的風采，寶劍的浩氣，但也必曾被鍾愛過，被賞玩過，被珍惜過，而歷史淘盡千古風流，只在某個懷舊的午後，牽惹起離鄉人失根的記憶！

自博物館出來，我的車子依舊燙熱，而更燙熱的則是我那沸騰著家國之思的心……。

鈕子的世界

去洛城近郊的諾茲果醬農場買果醬，並在它附設的遊樂場裏玩了一整天。果醬是出名的價廉物美，遊戲是出名的驚險駭人，令我難忘的卻是遊樂場裏不出名的小博物館裏，陳列著的不出色的鈕子。

一整面牆寬的玻璃櫃裏展示著成千上萬的鈕子，大小不一，式樣繁多，只是顏色都已斑駁褪淡了。一個世紀或者更早以前，那些鈕子經由母親、妻子、姊妹的手，縫上不同的衣裳……。

那粒粉紅色，鑲有精細花紋的，該屬於一名少女，如同她年輕雙頰一般粉紅的晚宴服罷？

那粒棕黑色，厚大而木理依稀可辨的，該屬於一個農夫，擋過多少秋風也淋過多少春雨的外套罷？

那粒微微閃著幽渺金光的，該屬於一名將士，沾染著塵土，也濺灑著血跡的草綠色軍裝罷？

那些鈕子，諦聽過女孩的心跳，男子的嘆息，曾經被多少淚水濡濕？被多少汗水浸染？

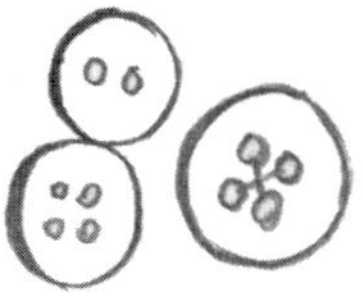

當它們縫上衣裳，原被指望著與衣服共生死的罷？如今，所有的衣服都早已湮滅，鈕子卻獨自留下來，是那些古老年代隱約微小的一痕遺跡，是那些古老故事模糊黯淡的一個句點……。

不曾見過別的博物館收藏鈕子。商店裏成排成列的鈕子，嶄新齊整如等待檢閱的兵士，卻不會有人去瀏覽、去讚嘆。鈕子從來沒有引人注目，引人品評的特質。它從來只能默默地等待著，等待著，但是當它終於被人選中、縫上一件衣服，它所聽聞到的也只有：「這件衣服很好看。」仍然沒有人留意鈕子。可是，大部份的衣服失去鈕子就不成其為衣服，所以，鈕子便甘願作一名最淡然無爭的隱遁者，作一名最謙卑寬容的追隨者，由針穿刺，被線縫合，卻始終堅守著它陪襯衣服的命運。鈕子唯一的喜悅，大約是它中空的胸膛被絲線填滿，因而得以緊貼著衣服的那一剎那罷？

其實，我一直也像其他人一樣，從未注意過鈕子這件東西，以前在台灣常常買布去洋裁店做衣服，那是唯一會到商店選購鈕子的時候。以後成衣大量出現，大家買衣服注重的是款式，不怎麼會留心鈕子，而很多衣服根本只用拉鍊。逛街時，似乎每個櫃台前都要駐足一番，但沒有誰說去看看鈕子吧。也似乎任何東西都有人搜購鑑賞，但沒聽說誰收集鈕子，因為它不會升值，也無人覺得它具有藝術美感……。

鈕子就是這樣一種毫無分量的存在。然而，在時間長流的衝激下，什麼有分量的東西都被濾掉了，這些鈕子卻沉澱下來——沉澱下來，在小博物館的展示櫃裏，經過玻璃的折射，這些鈕子堅貞靜穆如一丸丸冷玉，在悠悠歲月的深處，在漫漫長夏的午後，給人以某種沁涼的清醒。

盒子

在一家日本書店看到一本厚厚的大書，粉藍透紫的封面十分誘人，走近翻看，一股芬芳沁鼻。

原來那是一本提供各種盒子式樣與紙模的書冊，裁減下來，按圖索驥，便可製作各型各款的精巧盒子。圓、方、長、扁，各具特色及美感，還滲入了花的香息。東洋物事特具的纖秀精緻，有時固然顯得造作了些，此時的感覺卻是恰到好處的。

用一截絹絲緞帶纏出一個溫柔的蝴蝶結，那七巧盒便讓人不禁生出麗質的想像，又不忍拆穿，又忍不住想快快揭開謎底。

一向喜愛盒子，收集多了，每一次開啟不同的盒子，也往往開啟了某種驚喜。

原來，這對耳環藏在這裏，原來，那疊書籤放在那兒。每個盒子都有滿腹心事，嘿，這只繡金絨盒居然什麼也沒裝，胸懷坦蕩卻也不免寂寞些。

有個木雕方盒置滿風乾了的玫瑰花瓣，於是想起多年前與他共渡的晴夏午後，有個竹編圓盒盛載幾枚色彩斑駁的楓葉片，於是北國相思紅葉的秋天浮上眼簾…。

羅列在屜中的，櫃裏的，架上的盒子，或小或大，有淺有深，恰似我們的履痕心跡，打開盒子，芬芳往事便翩然在目…。

收藏盒子，原是為著鎮鎖不容遺忘的薰香記憶。

這世界，有待改造

心慟於一張飢童照片。

其實這類照片已看得不少，報章時不時也會披露一些非洲飢荒、戰亂的新聞。看得多了，以為那兒餓殍遍地是理所當然的現象。尚屬『慈悲為懷』的我們，常在酒足飯飽之際，邊收拾殘羹剩菜邊說：「暴殄天物可是大罪過，想想非洲的飢民吧。」

大人們教訓這不吃那不吃的小孩，也常說：「讓你們到非洲去住住看！」

把非洲想得太貧窮、太落後了，以致於另一些關於當地大都市的照片，讓人覺得不可置信。高樓林立、世界級大旅館座落其間、官員們西裝革履，與西方世界毫無二致。黑暗大陸終也見到了曙光。

但那飢童的照片，卻在一個同樣被美食撐飽的午後，突兀地映入眼簾。

赤裸、乾癟的身軀，肋骨畢現，斜躺乾旱的沙地上，張開的唇間僅餘幾粒參差不齊的牙齒，緊縐的眉頭下，一雙再也無光的雙瞳卻隱隱透著驚怖——難道他也懂得死神正一步步向他逼近？

他的驚怖，是否更由於他曾目睹整村子的人被殘酷地屠殺，被凌遲至死？

原來，黑暗大陸比想像中還要黑暗、野蠻、殘酷，部落之間仍然存在著物競天擇的原始爭鬥。白人的殖民統治似乎並未教化他們，除了幾幢炫耀西方文明的建築之外，整個非洲大陸仍一片蠻荒、一片血腥，連美國黑人談到關於非洲的訊息都不免暗自慶幸，幸好他們的祖先是黑奴！

進入二十一世紀的我們，生於承平，追求的是尊嚴、享受、愛情、美、圓滿。在地球另一隅發生的災難、貧窮、飢荒、殺戮距離我們如此遙遠，但那垂死飢童驚怖的眼光，卻似乎穿透了空間，穿透了薄薄的新聞紙頁，向我們傳達了一種悲哀的信息，讓我們重新體認，這個世界仍有待改造！

母與女

整理舊物，突見書中夾一張照片。

一張全家福，爸媽與我們四姊妹，難得的一張合照。女孩們在七月的加州陽光下笑得燦爛，媽媽身材比現在胖，雙頰也有肉，頭髮仍烏黑豐盛。近十八年前的照片了。

那之後就很少有如此聚在一起合影。八〇年代初，媽媽為了照顧在加拿大讀大學的三妹四妹，移民溫哥華。爸爸陪她出來後返台繼續工作，我和大妹則已定居加州。照片就是他們赴加國之前，在加州暫作停留看我們時拍的。女孩們沉浸在重逢的歡悅中，爸媽抿著的唇邊卻已滿是離愁。

那之後即天各一方，走向不同的人生航道。很多友人不明白為何媽媽不隨爸爸返台有個照應，我們知道媽媽一心念著女兒，從我這長女開始就這樣。記得有句話說：「父母不因兒女眾多，愛就減少。反而要付出更多，要從心中擠壓出更豐沛的愛。」

因而媽媽極為操心操勞。她對我們每一個女兒都是全心全意的，除了一直在中學任教，她其餘所有時間都給了我們。

愛之深，責之切，讀書時的我們年少輕狂，只覺媽媽對我們太過嚴厲。因此母女關係可以說相當緊張，作為長女的我，有時甚至對她充滿敵意。在她面前，常常是考第二名就有罪惡感，後來我參與親子關係的探討，都一再強調父母應以朋友態度教育兒女。

但是當我們離家去國，距離反而使母女親近。也許因為媽媽已卸下管教的負擔，性情平和多了。退休之後又少了工作的壓力，她善良、溫和，與世無爭的本性才彰顯出來。長大成人了的我們，在各自的經歷中也遭遇到比沒有考第一名更不堪的挫折，才體會出最珍愛我們的原是媽媽。

風浪中飄搖的人生之舟，渴望再度泊入母愛的港灣。

痛快

朋友因探母病，數月來幾度往返大洋兩岸。

入住加護病房的病人已至垂危期。全身插滿各種管子，仰靠冷冰冰的機器維持著一絲體溫與一點呼吸。朋友說看著至愛的母親因痛苦而喘息而昏迷，看著她的身軀一寸寸萎縮，生命一寸寸枯竭，他真想拔掉那些管子，讓她早日解脫。卻又彷彿覺得，只要她一息尚存，自己仍是有母之人，若她斷了這口氣，自己便失恃了。

可以想像失去父母至親，那是生命中不可承受之重吧。無論年紀多大，若父母健在，心理上仍如稚子有所依恃。當這血脈被切斷，必是一種撕裂的巨痛。

以往談生論死，總是止於抽象的描述或哲學的思維。如日中天的年歲，曾灑脫地認為死何足懼，人生本就是走向死亡的過程而已。而年事越長與死亡短兵相接的故事聽得越多，似乎越加灑脫不起來了。特別是久病不癒的折磨，不免叫人覺得不能痛痛快快地死，生者又何嘗能夠痛痛快快地活呢。

朋友反覺我這論調過於負面。但細細思量，這不就是人生的真象嗎？所以古人才有『引刀成一快』之說，但人往往無法掌握自己的『生殺大權』，這是生命荒謬的本質之一，也是許多悲劇的肇因。

存在主義大師卡謬說過：「要在這廢墟的世界中尋找出路。」了解生命真象並非否定生命，而是希望因此活得更真誠、踏實也更穩健。生命的悲涼曾令我深深傷惻，但也讓我學著自我排解，努力去找一個足以自我疏導的出路。

有人以為，痛快地活就是率性而為或是為所欲為。這種誤解往往變質為極端自私，『只要我喜歡，有甚麼不可以？』而這正是社會上許多光怪陸離現象的亂源！

一個有血肉、有情義的人，也許終其一生也無法參透生死、看破世態或割捨塵緣，他活得不夠瀟脫，不夠痛快，但是他活出了存在的高貴與深意。

流雲 之一

那是唯一的一次，四個單身女子聚在一起。

彼此間都是好友，但各自在不同領域內奔忙，有時一對一見面是有的，要湊齊就難了。因此竟只一同聚過那麼一次，而且是十多年前的事了。

在異鄉，一直覺得聚散如流雲，偶爾共同擁有一片天空，儘管短暫，總是特別開心、難忘。

所以那個陽光燦爛的午後，聚在玲卜居的小屋。印象依然鮮明，雖然匆匆已十多年過去了。

記得那天，我們一人霸著一張中式籐椅，或盤腿、或蹺腳．怎麼舒服怎麼坐。屋角的盆景在晴亮的陽光中油綠生輝，如同我們發光的青春。其實由大學到留學，由國內至國外，每個人也不免走過一段坎坷情路，或多或少都馱負著一些傷痛的記憶，畢竟仍然年

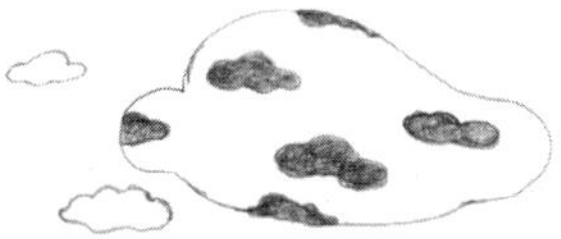

輕，仍然對未來充滿期待，對生命充滿熱情，相信自己不會再犯錯，下個男人會更好。

玲是我們之中最率性、最具理想色彩的。她是跟著感覺走的典型，其實也最易受傷。她總是奮不顧身投入情海，每一個愛戀的男子都是她心目中的『英雄』。但在旁觀者眼裏，某些人是刻意示好，只為利用她新聞工作者的身分，或可筆下多所美言以便風光上報。

但見玲的投入，以及因投入而歡悅的臉顏，我們難以置喙，反覺自己似乎缺乏那種直往無悔的情操。

一直希望四人再聚，而流雲的本質原是易散。清在八十年代末返台定居之後，我們知道要再共同擁有一個陽光午後更難了。

想來玲熾烈的感情提早燃盡了自己吧？流雲應更自在些的，她卻常常為了一株倨傲的樹勾留，或與一隻不甘於棲止的浪鳥競逐，隱隱注定了悲傷的結局。

玲終於化作飛絮遠颺，散入無垠的穹空，徒增流雲的惆悵⋯。

流雲 之二

去夏離開洛城一段時日。臨走炎暑天，十月中回來已入秋涼，季候的變換令人恍然覺得，離去並非一個半月，而是一年半載。

大致翻閱了一個半月的舊報，沒想到會看見一則訃聞。一個初來美國結識的友人，走在已涼天氣未寒時，教人頓感蕭索的何止是秋色，生命的芳春盛夏，亦已逐漸遠去了。

十餘年前初識，大家都是意氣風發的年歲。黃金國度，大好前程。學業事業的重負橫梗心頭，單身男女玩在一起仍是不醉不歸。記得那友人最會做鍋貼，還能表演一招拿手絕活。把鍋子往上一抬，只煎了一面的鍋貼全都乖乖翻個身，另一面也就慢慢被炙得恰到好處。

我換工作時，他送了一大盆花到辦公室。有人笑言他對我特具好感。但當時對我有好感的人很多，何況大夥哥兒們似的太熟了，反激不出任何一點浪漫情思。最後大家也逐漸

星散了。

偶爾碰到舊識或輾轉聽說，知道當年那批酒肉朋友後來各自婚嫁，倒也是令人安心的一件事。每個人都有自己一片天空，人生聚散本如流風飛絮，又何必帶走一片雲彩。

那位友人與我一樣，有時會在報上發表一些東西。因而也能在字裏行間捉摸到彼此現況，譬如從事什麼行業，參加什麼社團，主辦什麼活動之類。因文字知曉大家都還起起勁勁活著，也是令人安心的一件事。

但再在文字中讀閱有關他的訊息，竟就是這個令人不安心的事了。死亡來得如此輕率突兀，硬生生奪去一個不到半百的生命。想像他還有多少未盡的責任，未了的心願，未終篇的文章 — 死，也許並不可怕，怕是走得不甘，走得心中有憾！

浩浩天宇，也因失去一片認真飛揚的流雲而覺空虛吧。

智者

那年丈夫投資失利，血本虧蝕不說，兩人的關係也受衝擊墜至谷底。此時又聽聞了不堪的流言，我的心情陷於空前的低潮。

偶然發現流言來自一個走得很近的女友，交往之初，她宣稱自己熱愛文藝，總是拿些不成篇的文字請我修改，我也盡心與她切磋並鼓勵她耐心寫下去。後來我覺察她生性浮躁陰詐，胸無點墨卻又汲汲名利，便逐漸與之疏遠，未料她會在我最需要支援時落井下石。得知後不免對人性感到失望，進而產生報復之意，竟致數夜輾轉不眠。為解心中塊壘，不信神鬼的我終於決定找人批一批流年運勢。

清癯而沉靜的中年人仔細觀掌後說：「這幾年妳命犯小人，特別要忌口舌是非。」我暗暗稱是。又問應否對小人採取制裁行動，他毫不遲疑說：「千萬不可。妳現在要去解決問題而不是製造更多的問題。小人蓄意破壞他人，可見他內心不平衡，根本也不可能快樂到那裏去，他已受到懲罰了。妳何必用報復的手法讓自己淪為小人

呢？」

眼前的術士其實是個凝聚了江湖道義與人生見識的智者。他的一席慧語，讓我在陰暗險阻的惡沼之地行走時，終於見到了一線曙光。

被竊

在台接到美國長途電話，告訴我家中失竊，我的房間損失慘重，竊賊翻箱倒櫃，將抽屜內所有值錢與不值錢之物洗劫一空。

所謂值錢，是些歷年收集的玉石飾物，主要是喜其造型手工，絕非價格高昂，在豪奢大戶看來可能根本算是破銅爛鐵，於我卻是珍藏。這兩年因常回台，故在銀行租了保險箱，起先離開都會將此類物事或重要文件存入，但取進取出不免嫌煩，且家人在這一帶住了十幾年一向平安無事，也因此沒什麼警覺心。近年小台北蒙市竊案頻傳，但未碰上就覺自己不會是倒楣的一個。

那日家人外出不過半小時，回來即已天翻地覆，看來竊賊已觀察多時，知我房間長期無人，遂長驅直入大肆搜刮。

電話中商量要安裝警鈴還是鐵門窗。對鐵門鐵窗我向無好感，把一座居屋弄得像個囚牢似的。然而，無論是台灣還是美國，有些地區非得使用這些護衛措施不可，想必許多其他國度也是如此 — 既無法將竊賊繫獄，只好鎖囚自己以策安全了。

後來想到將來若出售此屋，鐵門窗對來客可能造成不良印象，似乎這個社區不適安居。於是決定設置警鈴。

放下電話，不禁陷入沈思。想到社會上還有一種小偷，專門盜取人們內心的平靜。這種人較偷竊財物者更加狡獪難防。我們看社團中興風作浪或機構中結黨營私者多屬此型。他們汲汲名利，貪圖虛華，胸無點墨卻又不肯長進，反而殫思竭慮，以明槍暗箭破壞較其優秀者。若我們因此與其纏鬥而致寢食難安，便如同把自己囚在心牢之中難以脫困。財物的損失常是一時，精神的折難往往沒完沒了。

還有一種剽竊者，是我們這種咬筆桿的人士所不齒的，那便是欺世盜名的文抄公。他們沒有真才實學，便只能以種種旁門左道奪取別人辛苦經營的成果。

智慧財產與物質財產一樣，都是靠不斷努力與長時的付出來累積的。那些一心想不勞而獲的人，血液中潛伏著小偷竊賊的基因，於是終其一生，只能做些偷雞摸狗，難見天日的事。悲夫！

名片千秋

在各式各樣的場合遇見各式各樣的人。久而久之，交換的名片就堆滿了一抽屜。光排列整齊還不夠，厚厚一大落，搜尋所要的那張煞費週章。因此將之分門別類：國內人士、國外朋友、工商界，文藝界等等。其中文友分佈世界各地，得細分美國、歐洲、大陸、洛城等等；洛城下又分本會、友會…把我以前學圖書分類編目的那一套學問都搬出來了。

多數人的名片都是用中規中矩的白紙黑字，因此顏色或設計突出者就較易辨認，餐飲業在這兩方面特別注重，有的確實極富巧思，浪漫些的女孩就頗喜收集這類名片，我也是其中之一。五顏六色的咖啡館名片尤多，其中有一家叫「後現代」，很酷的黑底銀字，反面是他們推薦的飲料，「做為後現代人，你一定要嘗嘗…。」名片上如是說，「濃情眼淚」、「相思汁液」、「情人飛沫」…然後，我倒吸一口冷氣，「她的腦漿」——的確叫人過目不忘，但也不免覺得翻胃，雖然那很可能只是一杯摻

了蘭姆酒與櫻桃碎片的椰子汁，但取名實在驚世駭俗了些。後來我再經過那咖啡館，「後現代」已改名換姓，顯然提早走入歷史了。

三、四年前回台。看到台北街頭四處林立著「真鍋」的綠色招牌，心想這咖啡館的名字還真夠土的，卻因哈日風正熾，這來自日本的所謂炭火咖啡風靡一時。之後我就看到以「銅鍋」、「鐵鍋」為名的店家相繼出爐。後來「真鍋」突然爆發財務問題，許多連鎖店陸續關閉或改名，不知銅、鐵是否牢靠些？

年代稍久的名片通常只有電話、地址。新近的名片大多添加了手機、傳呼和電子郵件。

有位西藏文友的名片上，洋洋灑灑列出了三個電話號碼，另外還有傳真、手機、電子信箱和呼叫器。他雖身處僻遠的世界屋脊，應該還是不難找到吧？再先進些的，則在名片上列入 Website(個人網站)。

最近看到了更時髦、更花俏的作法。一幀名片大小的塑膠套裹一張小巧的光碟，其中錄的是個人願意公開的所有資料。這樣的光碟名片想必製作成本不低。

自行印製的名片，往往不經意流露了個人的潛在心思。有位女士特意在名字後加上頭銜 — 家庭主婦。但英文譯作 Home Manager — 家庭經營者，可見她以家庭為傲，一點也不因不是職業婦女而妄自菲薄。有人的職稱是演說家、收藏家、作家、評論家，也有自認是旅行家的。旅行而能卓然成家，不知他有何獨到的、上天入地的經驗？這樣的名片引人好奇 — 而引人好奇大約就是他的目的。

但如果一個人的職位是「管家」，可能就不見得會堂而皇之地昭告世人了吧？

有次拿到一張名片，姓名後赫然寫著「文豪」二字，此人從商，「文豪」原是父母給他取的別號，不知是否帶有上輩的期許？經商的「文豪」相貌殷實，只是對文學實在毫無興趣。

也曾看過自稱出賣文章的，還有自封雜文店東的，這種人把文學當買賣，品味與品德高下立見。

更可笑的是有次走訪大陸，某一團員出示的名片居然董事長、顧問、總經理的榮銜都出爐了，而該女士無業的事實人盡皆知，卻以一紙虛晃一招的名片把眾大陸人士唬得一愣一愣地。此種虛偽浮爛的作風無異行騙，更使我們不免以懷疑之心度人之腹，天底下究竟還有多少印有諸多頭銜的名片，其真實性有待查考的？

逾越

近年來不時在報章上讀到有關『性騷擾』的事件。這個名詞似是肇始於九十年代初，一位美國黑人女法官控告上司，說他對她有逾越常軌之舉。後來律師闡釋性騷擾的定義，是指肢體接觸的動作達到使人不悅或難堪的地步。

一般正常人對自己的行為舉止，多半都有約束能力，也就是所謂的『分寸』。若一時失控，有可能是受到了飲酒過量或吸食毒品等外來因素的催化。因此有分寸的君子，對酒精毒品總是敬而遠之的。而有時，失控的局面可能源起於雙方的誤會或表錯情。怎麼說呢？

例如雙方一向友好，越來越稔熟時，不免會做出一些親暱示好的動作，女孩子之間勾肩搭背，牽牽手是常事，男女朋友之間握握手、拍拍臂膀、甚至輕輕擁抱一下，亦無傷大雅。但是，如果一方乘機做出輕薄的動作，而為另一方所憎厭，這就有騷擾的嫌疑了。這時，最明智的作法當然是義正辭嚴地說：「我不喜歡你這樣。」若對方仍涎著臉：「都那麼熟了，碰一下又怎麼樣。」或是「好朋友嘛，幹嘛這麼正經！」這類不上道的言辭，正表明了其人心態上存有非非之想。若一方根本無意逾越朋友的尺度，另一方就必須尊重其選擇，這才是真君子、真朋友。若對方被指責後惱羞成怒，說些什麼「有什麼了不起，碰你是看得起你！」的氣話，那麼，當下與他一刀兩斷就沒錯了。

文化、習慣上的差異，有時亦可能造成誤會。記得初入美國公司做事，有個同事每見我都要擠眼睛。這動作令我十分不自在。因為在華人的概念中，『擠眉弄眼』原是一種輕浮的舉動。後來我發現他對別人，包括男同事也會這樣，表達的是一種招呼，一種友善，甚至是一種默契。而有的女士也偶而會有擠眼睛的表情，其意思不外乎上述種種，總之絕無惡意就是了。

由此想到，有些文化上的尺度真是嚴格得失去人性。例如舊教戒律中，男女授受不親，非夫妻的異性之間拉個手，那手還要被剁掉的。如此殘苛的戒條，有誰敢逾越尺度分毫呢？

其實有些人之所以會被騷擾，可能也該反躬自省一番，是否言語曖昧，動作挑逗，而衣著又太過性感？如能避免這些，予人以可乘之機的頻率自然就少得多了。

天機

在洛杉磯與幾名女友小聚，其中一人說她最近去算了命。

「真準啊。」此言一出，眾女子莫不眼睛一亮，爭問是何方神聖，何處開業等等，儘管平日並不信邪，此刻均面露急欲一窺天機狀。

「她是伊朗人，用撲克牌和咖啡算命。」

「咖啡？」好像和中國人用喝茶後留下的茶漬占運有異曲同工之妙。

伊朗婦人不住華人區，居然有不少華籍客戶，想來她在華人間已具知名度，我陪一個女友去找她時，她一邊沖泡待會要讓我們喝了算命的咖啡，一邊說：

「我下個月會去台灣，那邊有家人請我去幫他們算算要不要移民，移民後從事什麼行業之類的。」

原來聲名已遠播至對岸了，旅費食宿均由客戶負擔。近年鐵嘴半仙們有許

多驛馬星高照，可能拜一般人認為『遠來的和尚會唸經』之賜吧。美國華文報刊上常有廣告說命理大師蒞臨，他們遠從中國大陸或新加坡來訪，機會難得，凡有疑難雜症者務需把握。人在異域他方，對處境前程的困惑及不確定，可能比移居前更甚。前些年加州高科技業大裁員，許多專業人才外流，洛杉磯也轉型為貿易都市，作生意的人特信風水，也因此報章上算命卜卦廣告陡增，甚至不少外國人以水晶球、塔羅牌、第六感之詞在華報大肆鼓吹靈媒（Psychic Reading）之神效，而開設在華人區的老外命相館也越來越多。

其實不光是華人愛算命，老外也頗迷占星術，美國前總統夫人南西雷根就經常求教靈媒，警方辦案在無計可施時也會向通靈人士求助。女性、娛樂雜誌必有星相一欄，專門觀星論運的刊物亦不勝枚舉。

有次我在電視週刊看到一個廣告，提供三分鐘免費電話星相諮詢，我撥號過去，心想只問一個問題就好。對方友善、客氣，更具備一套引導你不斷追問的本事。待掛下電話，竟已過了十個三分鐘不止，電話帳單我藏起不敢給家人看到。此後我開始不斷收到各種關於占星的廣告、書籍、傳單、雜誌，我才知美國有如此多自稱具有超能力的專家，什麼末世聖徒、深海靈媒、天上使者…他們用極親切的口吻向你致意：

「親愛的ＸＸ，你的未來是我現在唯一關心的…。」

「親愛的朋友　，我感覺到你心儀已久的那位男士也在想著你…。」

結尾是——當然是要你附一張支票或信用卡號碼，他收到就馬上提供你最快的方法及時刻，免得你與千載難逢的好運失之交臂。

不過自上次付出高昂的電話費之後，自己已不那麼容易上鉤，但不免好奇，果真如那些函件透露的，在某個奇妙的晚上，用某種特異的植物香精沐浴，我心儀的男子即會來電話嗎？因此又不免為要不要寄支票而陷入天人交戰中。

一日正在一家服裝店櫃台付賬，耳邊突然傳來低低的嗓音：「小姐，妳下個月要去旅行了。」濃重的，不知來自何方的口音，抬眼見一印度人，包頭，大鬍子，渾身汗涔涔的，想是焦陽下奔波好一陣了，方才在窗口就見此人探頭探腦，張望著什麼（現在知道是尋找獵物），他說我要去旅行，我倒正有此打算，但他體臭薰人，何況來路不明，我沒搭理就快步避開。

事隔未久，有天從某餐廳出來，忽又有人閃進身旁：「妳是個幸運的人。」另外一個印度人，此話聽來順耳，看來也乾淨些，所以我大約頷首微笑了吧，此人見狀便喋喋不休起來：「妳福星高照，明年是行大運的一年，做什麼都很順利……。」

也是極不純正的英語，因此他還說了些什麼好話也沒聽懂，正準備駕車離去，他又說：「明年妳會有發財機會，讓我告訴妳一個樂透（Lotto，美國加州發行的彩券）數字。」

這倒巧，我一向不信自己有偏財運，幾乎從不買彩券，前些天一時興起在超市買了兩張。印度人打開一本五顏六色，疑似生死簿的冊子，說道：「妳放張鈔票在這裏，我的數字就會靈驗。」

這才是重點了。他又說放多少錢都沒有關係，意思意思。有些心動，隨意抽出一張小額紙鈔，他的口氣突然急促起來：「多一點吧。多一點我給妳買花，給妳唸經，這個數字會贏更多錢！」

不折不扣江湖術士之語了。我感到厭惡，催他趕快寫個數字。

他還故弄玄虛：「這張紙不能給別人喔！」一邊遞給我一個揉成一團的小紙球，一邊又頗不甘心似地說：「妳該給我更多錢的！」

那晚不知何故渾身痠痛。疑心生暗鬼，想起白天碰到的印度相士，其實滿邪惡的樣子——難道他非但沒為我唸經，反而念了咒？

小紙球不知何時離奇失蹤，我的發財夢至此也宣告破滅。

愛的能力

與一友人相晤，他正準備移居異國，談及家鄉事，他幽幽嘆口氣說：「近幾年居然不大提得起勁去度假了。也許有點鴕鳥心態，一出遠門，不和別的地方比較，心情好像不那麼不堪，真的，每次去歐洲竟會覺得傷心……。」

傷心。友人的用字接近控訴——傷心的是別人的街道可以保持得那麼乾淨、住宅區規劃得那麼好、店員那麼週到耐心、鄰居之間那麼友善和氣——而他所熱愛的島嶼家鄉呢？

重大刑案遲遲難破，僱傭殺主劫財、夜行晚歸者橫遭不明殺手砍斷背樑，國中生懷孕生子扼殺嬰兒，甚至率眾綁架同學撕票棄屍……。

這類血腥駭人的事件此起彼落，而犯罪年齡越來越低——曾有一班兇性大發殘殺一女孩的青少年，最小的才十三歲，應當是白紙般的年紀，竟然滿腦子詭異暴戾的歪主意，且狂妄無知認為：「別人可以，我為什麼不可以？」

其他種種詐騙、搶劫、毒品、色情等事端，是一場場殺人不見血的勾當。多年前林肯大郡的崩塌，已凸顯公共工程的重大弊病；九二一地震更讓一些虛有其表的公寓大廈應聲而倒，震出了種種偷工減料、官商勾結、為私利漠視民眾安全的可怕現象。工程負責人或許沒有親手殺害崩塌住宅的死者，又怎能說他們的雙掌不曾沾染血跡？近年佛教盛行。經書有云：「菩薩走路不敢腳力太重，怕踩痛大地；說話不敢大聲，怕驚動眾生。」佛家以慈悲為懷，但宣稱自己是信徒的某些人竟動輒為私益揮刀，因此，我們又怎能不斂容深思：我們真的是生活在文明進步的時代嗎？為什麼這個社會竟如此野蠻嗜血？

友人說：「活在這樣的社會，我怕快要失去愛的能力了。」所以，他終於遞上了一紙移民申請表。為了無法感受愛，為了恐懼和傷心而難以去愛，儘管對家國仍深深依戀，人們不得不忍痛相離！

我們要讓更多還有良知與良心的人選擇離開嗎？我們要讓更多的鄉親，在一個被暴力與敵意蠶食的社會中，因著失去對彼此的關懷與信任，而逐漸成為陌路，成為不懂得愛，更不懂得寬容與慈悲的群魔亂舞嗎？

對於生在五十年代的我，成長期是令人緬懷的。沒有暴力色情影視的誘惑，沒有光怪陸離遊樂設備的耽迷，也沒有過於激烈的學業競爭，因此有機緣在幾位好師長的引導下，閱讀了不少中外名著。青青校樹、灼灼庭花的校園內，浸浴文史哲人的智慧中，我們對美與善充滿嚮往，對人生充滿理想與熱愛。談書論劍，筆硯相親的時日。成為生命中難忘的美好經驗。

已跨入二十一世紀的莘莘學子（流行的用詞是新新學子），卻似乎欠缺讀書的習慣。曾見過這樣的統計數字——台灣十五歲以上的民眾，從不閱讀者高達百分之五十八。中國人原是敬重文字的民族，但在急功好利的心態下，我們知書達禮的華夏傳統正急速流失，我們溫文儒雅的民族特質正急速殞滅。如何重建閱讀的興趣，培養長久的閱讀習慣，選擇優異的閱讀材料，特別是文學藝術之類可資陶冶性靈的閱讀輔導更應加強。

報上登載教育部有意召回國中畢業即失學的青少年，這是一大德政。提供有益的書籍，相信對於他們因落榜而自暴自棄或敵視社會的心理，有絕大的匡正效果。

對於忙碌、緊張，汲汲於生存競爭的現代人，良好的休閒生活可以平衡身心，旅遊本是最上乘的休閒活動之一。這些年來，經濟富裕的華人有機會赴各地旅行觀光。然而，常見腰纏萬貫的人們出遊只知爭購名牌用以炫人；只追求口腹之慾，玩玩獵艷遊戲，好像換個時空活在同樣醉生夢死的風塵之中，至於看了些什麼特殊風景，了解了多少歷史文化，取得了多少觀摩借鏡全屬茫然不知。

走訪名山大川，原是為遠離是非、簡省交際、提升精神層次。一個一流的旅者會以全然鬆綁、釋放的胸懷去體味不同的世界，接觸不同的風物，涵容大地之美與生命的豐富多樣，讓山水清暉滌除心靈的五慾六塵。當他重新再面對工作與生活時，也就會有更為積極健康的態度。

讀書旅遊本有相得益彰之效。正如張潮所說：「文章是案頭的山水，山水是地上的文章。」而最重要的目的，即是讓我們開敞心胸、拓展視野，了解天地與人類。

如果，人人都能學著注重讀書的品味與休閒的品質，相信我們絕不至於失卻愛的能力。反會因著欣賞與了解這大千世界，而湧生惜緣愛物的善心，激發人性內在的良好本質，這時，我們期待一個愛的社會的願望，就不至於落空了。

車禍瑣憶

大學畢業那年，我回到老家台中，應聘在當地圖書館工作，每天搭公車上下班。那時雙十路二段的一邊仍是稻田。我從家裏出來，走過約一百多公尺的住宅區，穿越大馬路，再抄一段田埂小徑便可達公車站。

那日一早不到八點，我照例走到雙十路口，看兩邊沒有來車就準備過街。突然，斜刺裏一團黃黑色的影子朝我側面撞上，我知是一輛車，但根本來不及躲開，腦中只飛快閃過一個念頭：「這下子完了！」之後即不省人事。待醒轉，人已在醫院。我大約暈厥了半個多鐘頭吧，但此時意識十分清楚，心想：「我沒死嗎？」

眾人見我睜眼，好像都鬆了口氣，尤其一個滿面鬍渣、衣衫不整，神情疲憊的男子，更陡然跌坐椅上。我看到雙親都來了，當下心安許多，想開口問話卻又發不出聲。

倒是父親似乎明白我的困惑，安撫著說：「不要動，妳被車子撞了，是個計程車。」

父親瞄了下那疲態畢現的中年男子，又說：「他把妳送來這個醫院，又照妳的證件通知我們⋯⋯。」

這時一個醫生來了，說是我的主治醫師。他示意將我推入診療室，檢查了一番後說：「看起來只是外傷，但要住院一段時間觀察，確定有沒有腦震盪。」

醫生在我手腳及身上的傷處仔細上藥包紮，又給打了鎮靜針劑之後，我便被推入一個單人病房，原來這是頭等病房。聽說這肇事司機與主治醫師有些親戚關係，大約害怕官司賠償吧，我在醫院受到極佳待遇。

後來得知出事經過。原來那天一早，我走到路口，並未注意有輛計程車停在那兒。本來一般人也不可能在意靜止不動的車子。未料司機卻出其不意將車發動。他已開了一夜的車，早就有點神智不清了，在路口小店買早點果腹後就要回家休息，可能太累也沒留意有個行人等著過街。車子將我撞倒後衝過馬路，被田埂卡住才停止。所幸車子剛發動。撞擊力不大，如正在駛行，我鐵定要向閻王報到了。也所幸當時雙十路兩邊沒有來車，否則可能好幾個人都名登生死簿了。

住院的那些日子，主治醫師每日來慰問及換藥，護士們也十分客氣週到。看來是真心誠意的，而非家人及我原先以為的刻意討好，以免滋生事端官非。

有位醫學院應屆畢業的實習醫生，對我尤其慇勤，每天都來為我量體溫，檢查瞳孔，察看傷口癒合情形，甚至推輪椅或攙扶我到花園散步，陪著說笑聊天。

可能所服用的鎮定劑十分有效，傷口並不怎麼痛楚，睡眠也很好。我竟然一點也不覺得自己是病人，簡直像在渡假呢。尤其工作了一段時間，有這麼個不必天天趕公車，不必天天面對需編目整理的千書萬冊，藥物又讓我經常多思慮的腦筋處於空白狀態…。古人嘗言：「因病得閒殊不惡」，大約是我當時的寫照。

一個月後，除顴骨上一塊指頭大的結痂，其他傷口大抵痊癒，也沒有腦震盪跡象，便出院了。此後我再也不曾有過這般悠閒的日子。被撞的驚嚇已經遠去，醫護人員的親切有禮卻記憶猶新。

如今車禍頻傳，常有肇事者逃逸無蹤情形；甚而冷血地碾斃傷者，以免終生得負擔賠償；屢見不鮮的還有，飆車少年蓄意砍殺路人並引以為樂…。比較起來，二十年前人心實在單純善良得多。

而那位細心體貼的準醫生，我雖未接受他的追求，仍感激他無微不至的照顧。相信這些年來，那樣的好心腸已將他造就成一名濟世良醫。

木棉花開

車子向南方駛去。高速路面平坦、寬直。中央濃綠矮樹叢分隔來去線道。遠處南二高已架設完成，數條穿梭在空中的高速路橋因而顯得更加壯觀，就像大洋那邊的加州。

若不是道路兩旁盛開的木棉樹，若不是路竹、關廟、阿蓮、燕巢等饒具鄉土氣息的路標在眼前一一出現，實難相信自己果真飛渡關山重洋，置身島嶼南部，正準備重新出發上路，回到課堂當一名研究生。

仲春三月，冬日枯索的枝椏冒出一朵朵豔色花朵，那是木棉！象徵歡笑與浪漫的木棉！它曾伴隨多少人走過且歌且舞的青春歲月。遠赴他鄉之後，木棉在記憶中褪淡了色澤，如今又鮮麗燦爛映入眼底，不覺驚喜而感動。

往昔定居中部北部的大都會，可能是市區壅塞，並無太多樹木生存空間，包括木棉。但讀過許多關於這種花樹的文字，唱過許多詠嘆木棉的歌謠，少年情懷中滿是它高擎枝頭底傲然絕色；而當它萎謝，常是整朵墜落，絕不貪戀高處繁華，那份淒美亦令人不忍！

此刻來到南部，才知它原是港都市花，難怪往高雄的高速路旁遍植木棉樹了。又見木棉，恍然以為青春亦可重拾！鏡中的自己就像個大學生，直直齊肩的髮，輕便的線衫，合身牛仔褲，今年流行的圓頭厚底鞋，臂彎上挾著英文原文書，夾雜在一群群同樣裝束的男女當中，無人知曉自己背後有著二十年異國歲月。長時的工作與主婦經驗，跨過多處名山大川，而今重返校園，彷彿走了一大圈又回到起點。些許的喟嘆，些許的迷惘，更多的是對生命之神奇與曲折感到某種敬畏。

思及學生時代，曾多麼希望它快快結束，就像我英語班上才十一、二歲的學生，寒假前對他們說：「時間真快，這學期一下子就過去了。」台下一張張稚氣的臉透出不以為然的神情，異口同聲說：「時間過得太慢了！」

若他們明白走出校門後，時光將不是一節節、一天天、一星期一星期流逝，而是成月成年不留情面決絕而去，必然不會如此振振有辭吧？但人總是得要自己經歷才能了悟，在有所挫傷之後才會幡然醒覺父母師長的告誡其言非虛。

迷惘來自於想起了一篇文章，那是我在數年前寫的。彼時已定居同一城市多年，簡直像有一輩子那般長了。眼看可預見的明天，可推測的前路，不禁捫心自問：「難道我也將如同那些移植的人一樣，在此地終老，然後埋骨玫瑰山莊，讓異國的青草覆蓋我終於不再動盪的靈魂？」

生活安逸使人散漫，生活平淡又使人不甘。在散漫與不甘之間擺盪，渾然不覺生命的能量已急速殞滅。驀然回首，想起錯過了的機會，放過了的緣份，悔意啃嚙我似螻蟻蛀在牆心。

去歲返台，看到一則招考英語教師的報導。自己是教育科班出身卻從未派上用場，或許是中年危機感如警鐘激醒我，更或許覺察這一切彷若命運刻意的安排，否則為何恰在此時歸返？恰在報名截止前數天讀到新聞？而我的條件又恰吻合，包括年齡都剛好在邊緣地帶。此時不考，更待何時？為了不讓自己再多一件或又可能終生遺憾的恨事，決定披掛上陣。

結果天意讓我高分通過了筆試及口試。名登金榜者並將被分發至各大學進修。得以重新入學的事令人振奮，為慰勞自己，計劃和朋友一起走一趟絲路，然後在秋風初起的十一月開始上課，次年再作教書的打算。

而人算終究不敵天算。始料不及的是一日上餐館，飯後翻閱報紙，突在南部某報社不起眼的地方花絮欄看到三、五行小字。原來南市正在舉辦英語教師聯合介聘甄試，次日即報名截止，而應考條件之一是必須通過教育部認證之筆試及口試。這豈不又是命運的安排？不去試試實有負這樣千載難逢的機緣巧合！

但要考些什麼或怎麼考我毫無概念。後來得悉是考「試教」，這更不知從何準備起了。直到考試當天，應試二十分鐘前抵考場才以抽籤方式抽出試教主題。我的題目是「運動」。教室台下已有兩排學生，後邊則坐著兩名神態嚴肅的評分者。由於不曾準備，我只能憑常識推想進教室後應先打招呼，簡單自我介紹，接著切入主題，告訴學生運動的種類及好處，把關鍵字寫在黑板上，以動作配合解釋。這些學生據說已學過一年英文，但每人俱是一副呆若木雞的表情。我自忖南部學童大約較老實，上課乖巧聽話吧。

考完我即返美，預定照原計劃走完絲路再赴台上課。沒想到七月底竟來了一紙錄取通知。只得火速找人幫忙為我辦理選校、報到以及請假（暑假返校日）。開學前兩天即時飛返，自己都覺匪夷所思地執起了教鞭。

當然，只好眼睜睜看朋友踏上絲路之旅。原本被分發至中山大學夜間班進修，但白天教書，晚上不可能舟車勞頓遠赴西子灣上課，於是申請改至次年三月去上高雄師大。

此刻我在前往港都路上——這段路似遠又近，似近其實費了漫漫二十載才抵達——三月木棉花開，迴映著一年來的際遇變遷。彷彿，我的人生也隨世紀轉換而有大幅度的調整。但尋夢的道途原本曲折，生命的驛動亦充滿神奇。能有機緣在蓄勢待發的春天重新啟程，走過打造夢想的夏日，應當可以期待一個金色的收穫季吧？奔馳木棉道上，花色照眼，花意襲人，我似覺年輕時的夢想翩然歸來。

天涯共此月

昏月

有天晚上驅車回家，瞥見一丸月亮埋伏在樹影裏，沿路跟蹤著。轉彎處，驀然探出臉來，滾圓碩大，給常常忘卻星辰日月的城市人一個猝不及防的告示，我驚想：「又快中秋了嗎？」

那是八月下旬的一天。一年已過了大半。離鄉日久，很多節慶都淡漠了。而中秋時節，卻總會被月光俘虜住。於是，停一停匆忙的步履，理一理紛擾的心緒，讓月光的河裏一葉記憶的小舟，載我航向歲月深處……。

多年前初履異國，抵達那日友人接我去他們山上的家暫住。公路上可望見山腳下的一片曠原。綿延的野地在暮色裏如同一缽傾翻的墨，直潑到天邊才被一帶遠

山阻擋住。蒼灰色的層雲裏不時泛溢出暈黃的月光，卻始終未見月亮掙扎出重重暮靄的圍困。

之後，我在那道山路上往返多時，見到的始終是那太濃稠的雲層後面太稀薄的月光。

入秋的一日，我照例在向晚時分自學校開車回家。行經那片曠地，迎面而來的竟是毫無遮攔的一輪月亮。那月，卻與思憶中端凝纖秀的白玉盤全然不同。那是一堆鬆軟扁大，有如浸過水而未發好的麵糰，連顏色都是陰溼混濁的昏黃。

黑夜是受創的胸膛，

那月，是它浮腫失血的心……。

那昏黃的大月亮，

竟然成為我在異鄉的第一個夢魘。

我自漠漠征途一路行來，終於看見家門口的那盞街燈了。街燈昏翳的光暈與我的步子一般困倦無力。但是家已在望。我一鼓作氣奔向那圈微茫。我的手開始做出推啟家門的動作。但是，當那光暈罩住我，將我的身形扭曲成短胖詭異的影像時，街燈和家門都倏然消失了。只有一輪鬆軟扁大，浮腫泛黃的月亮，懸吊在我的頭頂上。我幾乎能夠嗅聞得到某種腐敗的酸腥。

我遂明白，多少人不遺餘力在追求美國的月亮，最後卻發現他們擁有的只是一個拙劣的複製品！

素月

三年之後，拋開許多陰溼混濁的記憶，我遷來南國。因為在報社工作，我必須上晚班。第一次在子夜十二時許收工已身心俱疲了。

沸騰的市聲自街道上退卻後，盤據著整個城市的是夜的沈寂幽冷。我車子的引擎發出單調滯重的響動，是那份沈寂幽冷被一寸一寸割裂的聲音。回到家，熄火，關上車門。夜又迅速癒合了，如某種不死的邪靈。

在倦累中，反而難以入眠。

我佇立窗前，獨醒者的淒迷和憂傷陡地在心中氾濫。偶一舉頭，卻見中天裏一枚圓月，也仍然醒著，恰似清明的眼睛溫柔不瞬地凝望著我。那澄澈的光輝照向我小小的院落，照入我長長的軒窗，也似乎逐漸照進我深深的心坎。

那澄澈的光輝，在漆黑中耕耘出一方素白，在幽寂中提煉出一片溫旭 — 月光深情的撫吻，解開了夜的魔咒。

我遂明白，我從事的原是一種傳遞知識和消息的工作，唯其任重道遠，才能體嘗『披星戴月』那番清越的況味與那份卓絕的精神！

靜月

工作安定之後，即在準備置屋。最後決定的住處，主要是看上那棟屋裏的一扇天窗。那扇天窗在臥室洗手檯的上方，有如巨匠手中的一個畫框，把最藍的一角天空和最白的一朵閑雲都給鑲進去了。在寬大的洗手檯上養幾株盆景，整個臥室就源源不絕地充溢著初春的綠意。

一直以為天窗就是為著收成陽光的，收成這樣上好的能使天藍、使雲白、使盆景綠的陽光。

一個憂思擾人的晚上，我中宵醒來，卻見滿室瑩然生輝。雖已夜闌燈黯，猶能明辨室內景象，而屋前屋後並無街燈。

行至洗手檯前，欲洗臉清神，突見幾株植物光緻的葉片上抹著一層霜白，恍如已被點化成堅實的冷玉，那黑暗再深再厚，也無法將它侵蝕。一抬眼，中天裏一丸明月，正專注不懈地自天窗注人一束束柔光，點物成玉，黑暗遂逐步退卻了。

未曾想到，我的天窗還能收成月華。

也未曾想到，在一切俱已安息沉睡之時，卻有這樣清醒執著的光華，盡心竭力地與黑暗對抗著，使不眠人被夢魘纏絞的心靈，得到了某種抒解和澄清。

我遂明白，太陽的璀璨生猛，足以吞滅黑暗的力量是令人傾服的，而月亮在幽冥晦暗之中，猶能堅持一泓清白，默守一片冰心，卻更加令人依戀和心折。

望月

在報社工作未久，就逢中秋了。出國後幾乎已淡忘了這個節日。因為居住的城市裏中國人不多，也找不著農曆，中秋節都是已過之後才在家書中讀到。

搬來中國人聚居的城市，各種節慶卻不由人不記得。商店的擺飾、友朋的邀約、報上的新聞、僑社的慶宴，熱鬧俗麗的氣象是一帖治標的偏方，使鄉愁暫時不刺痛了。

中秋那日報社照常出報，也就沒能參加什麼慶祝。午後來到辦公室，桌上已放了老闆贈送的兩枚月餅。其實一向不怎麼愛吃甜膩的月餅，但是頗喜歡那飽滿厚實的形狀和那透明油亮的包裝紙裹不住的濃郁餅香。幾個談得來的同事，在工作告一段落後聚來我的桌前，把幾個月餅一一分成八等份，小口小口的品嘗著，大聲大聲地嘻笑著。黑溜溜的豆沙餡托著金澄澄的鹹蛋黃，每粒月餅都在詮釋一個月圓之夜。當晚儘管待月月未出，舉杯杯不滿，我們卻不覺缺欠。因為，我們心空裏的那輪皓月已穆然升起，而令我們酣醉的，原是那份肝膽相照的熱烈情誼。

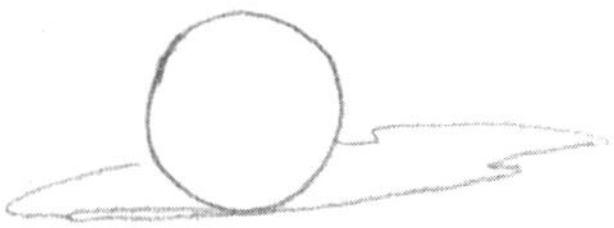

報社後來因故停辦，幾個好友也各奔前程了。異鄉的聚散更加匆匆。世事慚漸洞明，胸腸漸漸冷硬，杯中美酒漸漸不再令人醉心，客裡歲月漸漸不易惹人傷心 — 唯有秋夜裏最清澈、最剔亮的月光，才能鑑照旅人魂夢深處那熾烈的鄉情。

我遂明白，異國的月色千里，原是旅人凌越重重關山、懷舊望鄉的眸光。

奔月

本來就是對傳統節慶不太在意的人，出國後去到中國人不多的城市，除了農曆春節有少許小酌應景之外，其他大都忽略了。偶有一兩個有心人問：「快中秋了吧？」又因找不著農曆，到底來過沒有也無從查證。

搬到洛城華人區之後，各種節日就不由你不記得了。因為商店櫥窗早就擺設了應節的果物，有時也會接到餽贈邀約。而前兩年的那個中秋佳日，還特意和歸國路過來訪的友人去賞月。

秋節當夜，卻是待月月未出。天幕一片隱晦，燠熱的洛城也有了秋涼意味。次日為友人餞別，出了飯店，便在街上隨意溜達。那是一條兩側都是辦公樓的街道，入夜便一派冷清。酒後的微醺，向晚的微寒，倍增依依作別的愴惻之感。

偶一舉頭，卻在兩棟建築物的隙裂間捕獲半丸明月。我急急拉著友人去向一處曠地，想要毫無遮攔地，去鑑賞這遲來的中秋月圓。

那是怎樣一輪碩大光潔，灼灼生輝的皓月啊！彷彿以前所見只是粗拙的複製品。也彷彿過去它臨照千古，已然陳舊了，而今夜，它才自重雲繁星之中提煉出來，我們是初次被那光芒所照耀，初次被那清輝所洗澤。恍然間，我們也如同新月一般瑩澈明亮了！

我們癡癡望著那銀盤上的微痕，明知人類早已登陸月球，仍然不自禁地臆想著那碧海悠悠、青天寂寂的蟾宮，臆想著冰清玉潔、暗香浮動的桂樹，更臆想著對人世的一切都不再反顧地直奔雲漢底嫦娥。當她登臨那渺無聲息，完美無缺底仙境之時，是否感到一縷沁骨的冰寒透入她薄薄的霓裳羽衣？

那樣一個自小就聽熟，因而覺得凡俗的故事，在此際道來卻如此動人心魄，我不覺低低嘆道：

「嫦娥奔月的故事實在太美了！」

友人說：「中國的傳說，累積千年不知有多少，這樣家喻戶曉，傳誦已久的故事仍能令人悸動，可知它的美好了！」

也或許，令人悸動的不單單是那淒艷的神話，更是許多浪跡天涯的中國人的故事。二十世紀的中國人，不是仍然不斷地重複著嫦娥的悲劇嗎？誰知古中國智慧凝聚的一則神話，竟是現代人顛撲不破的一篇讖文呢？如同友人，當年他毫不反顧地奔向新大陸，幾度春秋，冰寒的異域冷凝了他曾經燦明的雙目，放逐的歲月染白了他曾經烏青的雙鬢，而今，他終於決定歸去了——幸好，人終究不是夜夜深悔的嫦娥，也幸好，家鄉終究不是無翅可渡的仙境……。

而惜別，也終究無須神傷，只因我們知道，那一夜的嬋娟月，將閃耀在我們共同的回憶之中，直到永遠……。

待月

離去二十年，未料今年會在島上度一個月圓之夜。由台返美前一天恰逢中秋，朋友居住的村里辦了「里民賞月大會」。

在美國一直做「市民」和「國民」，人際關係疏離且淡漠。很久沒有把自己和「村民」「里民」這種稱謂連接起來。去參加里民賞月，真有點回到雞犬相聞農業社會的味道呢。

秋節當晚，與朋友步行去公園。巷弄裏三三兩兩的人群也往那方向走。朋友不時和擦肩而過的男女招呼：

「李伯伯也去賞月嗎？」

「趙媽媽，希望妳抽中大獎！」

看來賞月大會內容頗不含糊。卡拉OK，月餅分享，還有市政府、里長等提供多項獎品。一個小男生拿著烤肉串，邊吃邊走，手上油答答的。朋友笑道：「張小弟，你吃烤肉也不分點給阿姨？」

也許是離去太久，不知為何中秋節興起烤肉。方才一路走來，就見許多小商鋪已半關了，在騎樓下店門口支起簡單的鐵架，端出一鍋鍋醃好的雞、豬、牛、羊肉、還有花枝、魚片等，有人坐小板凳、有人半蹲，面上喜滋滋的。白天做小生意錙銖必較的臉部線條全鬆弛了。

烤肉揚起的油煙與車塵並色，有的漢子就地划起拳來，女人則殷勤端出台灣啤酒助興。偶然在高樓隙縫中瞧見一輪圓月，清亮照眼，輝映著市井人生，「唯願當歌對酒時，月光長照金樽裏」的祈願，悄然於心中升起。

前一天才下了一場雨，空氣倒不十分燥熱，但公園仍鬱積一股潮悶。朋友取彩券不得，抱怨說：「我們這個里那這麼多人，應該出示里民證才給彩券，他們來者不拒，彩券一下就分光了。」

吃到海外沒有的茶香月餅和紅梅月餅我已滿足，便建議逛夜市。夜市裏人群更是摩肩接踵。進入冷氣充足的燒烤店『避暑』，食罷噴香的鐵板烤肉(畢竟也吃了烤肉)，我們披一身嬋娟月色散步回去。

映月

似乎有不少人認為中秋是屬於文人的節日。在月上柳梢頭的玲瓏秋夜，浪漫的騷客雅士往往吟詩佈酒，非至不醉不歸。

想來這印象是緣由於古代的大詩人、大詞家留下的千古傳誦的詩篇。例如「酒傾無限月，客醉幾重春。」例如「明月幾時有，把酒問青天，不知天上宮闕，今夕是何年。」例如「江畔何人初見月，江月何年初照人。」例如「明月高樓休獨倚，酒入愁腸，化作相思淚。」

深刻絕美的詩章，總是牽挑起人們心底最細微的寂寞，縱使無酒，也會油然興起千古慨嘆。

中秋對我而言，也一直是個充滿詩意的節慶。但說也奇怪，執筆寫作二十餘年，從未在月明時分與文友相聚。

早年負笈異鄉，去到華人不多的城市，無農曆可資查證，常常錯過各種中國節，包括中秋，偶抬頭見一輪清朗碩大的白玉盤，才驚覺可能中秋將至或根本已經過去，這時總不免悵悵地低頭思故鄉。

日後來到洛城，平素華人間酬酢頻繁，中秋反而只想與家人靜靜度過。

明月的清輝滌盡人世的喧囂，照澈心靈的深處，在那面光潔無私、永恆如新的瑤台鏡前審視自己，體會古月今塵底悠遠意境。

去歲中秋，卻不尋常地在千里之外的神州度過。中國作協主辦的北美華文作家作品研討會，使我有機緣應邀來到福建——那是從小在籍貫欄填寫無數次的地方，因而對我而言此次中國之旅更近似還鄉。兩周旅程其中一日恰是中秋，研討會所在地的泉州華僑大學特別安排中秋晚會，與該校師生聯誼。

當夜在校舍二樓的空曠平台，作家們每人朗誦一段自己的作品，大部份是以鄉愁為主題。也有人以唱歌取代。叫人印象最深的卻是陳忠實的陝西民謠。這位以《白鹿原》獲中國文學大獎的鄉土作家，一向給人不苟言笑的感覺，那晚卻意外以詼諧的神態、低沈的嗓音獻『聲』。

「人人都說咱們兩個好，只是還沒有拉過你的手。

頭一回到你家你不在，你家黃狗把我咬出來。

二一回到你家你又不在，你爸爸打了我一煙袋。

三一回到你家你還不在，你媽媽砸了我一鍋薑。

四一它回到你家你正在，躲進房裏不出來。

五一回到你家你還在，正要出門談戀愛。

六一回到你家你還在，在火炕上生小孩。」

他的唱作俱佳博得滿堂采，也驅散了方才因思鄉而引起的悲涼情緒，氣氛開始熱絡起來。

空闊樓台上晚風徐來，大夥切月餅、開飲料、分水果，共看明月。那是照過唐宋八大家、照過竹林七賢、照過五四文士、新月詩人，如今更照著我們這群來自四方八土的華文作家的天涯明月——月光深情的撫吻，撤除了陌生的藩籬，濾淨了我那種獨在『故鄉』為異客的淡淡憂傷，在沁鼻餅香與清靈月色中，度過一個文氣鼎盛、文人相親的秋節。

第四卷　人間巷陌

文章是案頭的山水，
山水是地上的文章。
——張潮

Looking Through Allies

人間巷陌

夏季遠走

記憶海洋

有計畫的出走，無目的的漫遊，精打細算的長征，突發奇想的遠行：不同的旅程，完成於不同的年齡、心境與季節。

雷同的是，當旅程告終向啟碇的渡口返航，一切便浪沫般渙散、崩碎於記憶的海洋。時而在某種戀舊情懷強烈潮騷的夜裏，檢視相紙上被壓扁的人影，東拼西湊的風光，常倏然迷惑：你真的去過嗎？

你真的去過嗎？前世？還是今生？

但是，關於那一年的遠走，那自成一格的一季夏，我無所懷疑。

盲瞳物語

黑斑在手背顯像，堅決透露出歲月的秘密。那手在我指節與掌心上下左右觸點，卻始終摸不透生命的玄機，只一逕說些不著邊際，聽來適用於任何凡夫俗子的話語。

「你的旅行運很強。」

突如其來的一句。我終於豎起耳朵。然而，他並未列舉任何精準的事例，我問話的口吻不很熱切：

「我會出國嗎？什麼時候？」

搭了整整兩小時火車，又轉了一趟汽車，走訪名聞已久的摸骨相士，實在是因為那個夏天過得實在太糟。生活進退失據。找不到出路的感情。日復一日了無新意的工作。連天氣也跟人過不去似地酷熱難當。托福留考分數不差，申請的學校卻拒給獎學金——沒有經濟後援，我那遠走高飛的夢差不多就該醒了。

觀光旅行尚屬稀奇的年代，出國留學壯遊天下是莘莘學子一致的嚮往。留不成學也幾乎就是意味著，去紐約、去倫敦或者巴黎…勢將遙遙無期。世上那麼多美麗的城市在等待我，我卻僅能株守無望的工作與無味的婚姻終老島嶼——遂迫切需要一個指點迷津的人，或者是神。

盯住眼前這應當算是介於人與神之間的命理學家——據說他喜歡人們這麼稱呼他。他也正用一雙盲瞳望我——還是穿透我，望我的將來？

「你會離開，而且很久很久以後才回來。」

相對於之前不確切的語調，模稜兩可的言辭，這句話特別肯定，也特別刺耳。

一個月後，遠在加拿大的舅舅，給我寄來當地入學許可，並表示願資助我唸書，我前往香港辦加國入境簽證。

第一次搭飛機。第一次單槍匹馬，騰越一個海峽，一片大洋和整塊加國大陸。穿雲破霧。鵬程萬里。心情卻異乎尋常沉重。拋落住得太久的城市，拋落過得太久的生活，我底翅翼反因顯著的不安與巨大的空虛而超載。

沒錯我飛得夠高夠遠，但是我並不想很久很久以後才回家。所以騰空之後，某種隱隱的憂傷使我不斷下墜。

小城故事

上機、下機。下機、上機。白天、黑夜。黑夜、白天。

季候是初夏了。北半球空氣猶然清冷。一出機場，寒意襲人竟如晚秋。

裹緊外套，詫異地望著那些身著短袖T恤的高大洋人，坦露的臂膀捲纏著金色汗毛。

是這層如猿茸毛使他們特別耐寒嗎?我傻傻地想。

精巧似糖果屋的住家散佈山坡上。從地平線盡頭開始泛濫的大片鮮黃，提煉自陽光的金顆玉粒，結晶於蒲公英的千杯萬盞，姿色平平的小花用它耀眼的集體陣勢，一路讓人醺然驚嘆。

舅舅家在茂林深處。高大的樺樹安份地守住泥土家鄉。只有風過時，細碎的林音才洩露了他們想飛的願望，乾淨的空氣中浮著水意。屋後一彎涓涓溪流，收羅了天空最純正的藍，以如歌的行板替整座綠林鑲著邊。

若地球上還有與世無爭的角落，大約便是這裏了。每棟屋宇都盤踞了那麼多的空間，每雙瞳孔都輝映著那麼明朗的花色，每個呼吸都可汲取那麼清洌的空氣，是沒有什麼可爭了。

偶然與住在附近的T結識。典型加國小城青年。帶著剛洗燙乾爽味的襯衫，合身的牛仔褲，纏捲金色汗毛的手膀不畏寒，是因著捨不得北半球短暫夏日的陽光。

T初次約我出去，同赴電影院途中，他問：

「可以牽你的手嗎?」

似看出我眼中的困惑與抗拒，他極溫柔且小心地說：

「傳統愛爾蘭人認為這是一種禮貌。一個有教養的紳士要好好帶領他的女伴。」

小城愛爾蘭人的祖輩，大抵是為逃離十九世紀中葉馬鈴薯大飢荒而離鄉背井。有辦法有盤纏的去了較為富庶的美利堅，漁獵者選擇，也可說流落海隅小村，繼續與逆浪拚搏，也靠海洋存活的生涯。

T的曾祖父被鯊魚咬碎了大腿骨，祖父被船上繩纜絞斷了手臂。T的母親下嫁他父親之前，堅持不許他再當漁民。他改行作了船隻領航員，每天夜半起床去港口工作。霧茫茫的滄海，或大或小的船隻航往愛爾蘭家鄉的方向。星星點點的漁燈似連串閃熠的珠淚，望鄉者的珠淚。T數代祖輩都切盼有朝一日買舟歸去，終究帶著未能圓夢的嘆息埋骨北美洲一隅的小城，夏季被蒲公英的豔黃轄治，冬季被霜雪的森白征服的小城。

宿命的懷鄉者，與我的父母輩何其相似。

T這代人就認為自己是土生土長的加拿大人了。小城歲月平靖遲緩。大都會移民衝突，幫派械鬥、英法語系之爭等情事，只是電視上叫人匪夷所思的畫面。T的人生藍圖是：一份可供溫飽的差事，養一到二個小孩，假日海邊戲水，孩子們堆沙堡，他就任自已被夏日晴陽慢慢炙得通紅，如同晚餐桌上妻子精心調配的一只大龍蝦……。

宿命的樂天派。與來自地球彼端的我何其不同。

初抵小城，每穿越市中心總覺忐忑。人來人往街道邊，既無高牆阻隔，也無大樹遮擋，一座建於一八二〇年代的古老墳場虎視眈眈坐鎮著。卻見本地有些上班人士，午膳時間在那兒與十八世紀的老祖宗比肩而坐，若無其事吃著三明治。

後來與T進去幾次。古樸的石碑簡單記載生卒年月。沒有顯赫的身世沒有輝煌的事蹟，只是某一個人最親愛的丈夫，最懷念的妻子。人生旅程走完，該歇一歇了。既不陰森鬼魅，也無須走避忌諱。T就像去公園散步般坦然，他甚至指著一塊剝落的墓碑，高興得什麼似的：

「看，這人居然和我同一天生日，早我兩百年就是了，搞不好會同日死呢。」

「童言無忌。」我用中文說。那人只活了二十來歲。但無可否認，單純的赤子之心讓負擔太重的靈魂，感染了某種溫柔淨亮的、救贖般的幸福。

救贖。小城人們甘於平凡，接受死之必然，或許就是由於宗教的約束與撫慰。城裏沒有令人肅然起敬的建築或永誌難忘的風景，但不乏玲瓏安詳，聖誕畫片中的教堂。訓練有素的詩班，以天籟般的音韻讓人感受光與愛。思鄉者重返故園，迷失者找到方向的感覺令我泫然。這許多愛爾蘭後裔，對祖輩折根斷枝的離家去國、胼手胝足的拚鬥求生，記取歷史而不沉緬於悲情，正是因為相信這一切是上天旨意。這種順服成就了他們內心的平安，更使他們願意將這片落腳的土地經營為生於斯死於斯的家園樂土。

明白了這一層，我幾乎放棄了堅持多年的「無神論」。教會在公園舉行義賣找我幫忙，我未猶疑就答應了，竟已如一虔誠信徒。

小城只一個公園。無須更多。家家都有自己寬闊的後院，花木繽紛的庭園。公園不過權充露天的公共聚會之地。夏季戶外音樂演奏。女青年會籌款。不同團體的園遊或慈善活動……。

小城人們夏日活力四射，彷彿要把漫漫冬日蟄伏的光陰都討回。下午五時公園就上鎖了。偌大的園子留給夜露與花瓣去自在擁吻，留給鳴蛙與荷葉去任意調情，只有鑲滿星華的夜空在偷窺……。

永恆之夏

我亦是偷窺者。偷窺一種我未曾預期，且未曾有過的自在與釋放——如果那種感覺不是快樂，也已極為接近了吧？我開始理解，人原來可以活得了無罣礙，無須崇高遠大的理想，無須未可限量的前途。來自地球彼端的我，一直在苦苦尋找出路，而哲學思考未能將我救贖，前輩智者未能提供答案，把命運交給相士去闡釋，又因他的卜算而不安……這一切在斯時斯地顯得無足輕重。我遂將所有的精神武裝瓦解，盡情享受異國的友誼，呼吸清新的草香，讓生命在日昇月沉、潮來汐往之中呈現它純淨的本質。

然而我更理解，雲淡風輕畢竟不是我的宿命。那一季夏終於只能是偶然的脫序與暫時的叛離。我終究必須回到既定的軌道，還原為一個奮力奔赴前程的留學生，在離家很久很久之後才得以歸去……。

於是，那短暫、獨特、此生絕無僅有的小城之夏，遂在我底記憶之洋浮凸為無可質疑的永恆。

溫柔遨遊

行程的安排是這樣的：

洛杉磯。台北。北京。台北。廈門。泉州。惠安。湄州。武夷山。廣州。香港。洛杉磯。

有夠眼花撩亂。心中也覺漫無章法。

市調、投資、訪友、開會、觀光。太多重目的使此次旅程無可避免感到勞煩與浮躁。但遠遊歸來，所有的負面情緒沈澱至記憶底層，心思復又如水清明，生命繁複多樣、溫柔有情的姿顏遂逐一映現。

洛杉磯——台北

與母親及妹妹道了再見，頓覺孤獨。卻又希望是一趟『孤獨之旅』，好讓自己從煩濁生活脫身，在雲端之上思索此行所須處理諸種萬端事務。

九月淡季機艙意外滿座——他們都在奔赴一個怎樣的前程？若每人俱如我心事重重，飛機會超載吧？

身旁座位空著，正自慶幸，有人在我跟前停下，臉色寒霜沈凝。恰是他的位子，我拾回置放那座椅上的外衣，只好正襟危坐了。

閱罷空中小姐遞來的報紙，修改一會兒為參加開會所寫的論文，思路卻陷於膠著。閉目養神。睜眼突見螢幕出現抵台時間。記得晚八時才到，怎變成上午了呢？脫口問道：「曉不曉得到底幾點到台北？」鄰座的答話與我所記相同。這才恍悟螢幕標示的是洛杉磯時間。

「你住洛杉磯嗎？」他問。

機艙中似不宜談讀論文或想心事，倒頗適合萍水相逢的對話。

於是知道他是為探望臥病的母親而請了一個月假。

「她平時生活規律簡樸，前陣子突然覺得不舒服，醫生診斷竟然是癌……。」他略為舒展的眉頭再度縐緊了。

「母親三十多歲就守寡，可以說整個大好生命都奉獻給我們幾個子女，請這麼長的假要扣薪水，但我不願因為沒有陪她這一段而抱憾……。」

他繼續：「以前她為我們做這做那，我們理所當然似地，從未想過失去，因此把陪伴她、探望她的時間一拖再拖，現在發覺還有那麼多事沒有為她做，那麼多地方沒有帶她去——不知道會不會來不及了？」

他用低柔的音調訴說著對母親的不捨。白楊綠草、風雨憂愁，人生中為何總有那麼些來不及完成的心願……。

「不好意思——對妳說這些私事……。」

但我高興這樣一段對話。讓我重新認清一個事實：人子不都如此嗎？總是汲營於芸芸俗務，纏鎖於一己煩憂，身邊母親的關愛，我們理所當然領受而不思回饋……。

啊，下一次遠行，一定要帶著——母親。

台北——北京

第四次去北京了。前些次純屬浮光掠影的遊覽，這回因著參觀親戚在那兒購置的房子，才近距離見識一些北京人的生活。

北京人開車的衝鋒陷陣較台北計程司機猶勝。特別在轉彎處，大家無視於實際上也不清楚的標誌，爭先恐後搶道，往往眼看要與對面來車相撞才猛踩煞車。許多破舊『面的』(較大型的計程車)因無防震裝置，後座必須穩住陣腳，否則時不時會被彈跳起來，撞上低矮車頂。北京市區塞車情況嚴重。幾次從居住的海淀區到市

中心西單商場都耗上近兩小時。

旅館在清華大學附近，那兒有條街全賣涮羊肉，店舖狹小，人行道上擺滿簡陋桌椅，倒也頗具露天茶座的陣勢。

有個朋友從台灣來。遍嚐此地羊肉風味，大力推薦其中一家好像叫城聚源的，不出名，但味道最正點。聽他講得口沫橫飛，向來不喜羊肉的我也被說動。獨家秘方的濃稠蘸醬、剁得極細的香菜、白糖醃泡的蒜頭、粉絲、茼蒿、菜色不多但口味調配恰到好處。一片片薄紙般的羊肉一涮即熟，入口竟無一點膻氣，大夥吃得酒酣耳熱，也不覺身邊車聲喧雜、人聲鼎沸了。

廈門——泉州

由北京回台北後數日即飛往廈門，準備轉車赴泉州開會。

在寬闊新穎的廈門機場看到賣龍眼的水果攤，許多文友如我一般眼睛一亮趕著去買來解饞。這是北美洲沒有的水果，我就已近二十年不知其味了。

原來廈門至泉州一帶盛產龍眼，市區許多行道樹就是龍眼樹，我們有幸嚐到的據說是最上品「東壁眼」，顆大殼薄肉多，大家都吃得齒頰生香。

廈門市有許多現代化建築。廈門作協的陳小姐說：「這裏的夜景美極了，非常適合談戀愛呢。」往泉州路上分佈著或多或少的傳統造型房厝聚落。磚砌壁牆，兩邊尖峭如燕尾的飛簷。古樸秀雅，幾疑身在唐山宋水的前代畫卷中。

泉州華僑大學是此次「北美華文作家作品研討會」所在地。該市也是中國二十四個歷史文化名城之一。第一天開完會，幾個文友同逛夜市，各種海味小吃，各式雜貨攤鱗次櫛比。中間穿插著小型的南音演唱戲台。南音是泉州大力提倡的一種民族傳統音樂。

走進公園，中間一個五彩斑斕的戲台，也正在表演南音樂舞。台下黑壓壓坐滿人，見我們張望，幾個漢子湊過來用閩南語說：

「呷茶，呷茶。」一邊把我們簇擁到最靠近舞台的茶座，恍惚覺得自己又回到小時候，擠在歌仔戲台前看熱鬧的光景。

但南音較歌仔戲曲調優雅悅耳。據說可溯源至漢唐，至今保留著「絲竹相和、執節者歌」的演唱形式，樂器則包括琵琶、洞簫、二弦琴等。

習習晚風中聆聽南音，只覺詩意盎然，這樣的氛圍，也很適合談一場溫柔古典的戀愛吧？

開元寺是個別具魅力的廟宇，一般寺廟不外寶相莊嚴的佛雕神像，五顏六色的天將天兵，開元寺也有，其特色在於柱頂的飛天樂妓，臉容各異、姿態優雅、雕工精細，整個氣象便突破廟宇慣常的陰暗凝重，呈現出從容安詳的美感。

弘一大師李叔同曾在開元寺幽居一段時日，因而寺內藏有一些他的遺物，包括照片，僧袍、一張簡陋的木床，最多的是他的遺墨，清瘦的字跡一如照片中清瘦的身影，當年能詩善畫、且愛演戲的翩翩才子，卻在三十九歲的英年選擇剃度出家，歸隱山林，恰如他手書的一幅對聯

「萬古是非渾疑夢

一句彌陀作大舟」

他在六十三歲辭世前的最後遺墨僅只「悲欣交集」四字，一派端秀清冷，寥寥數筆卻委婉道盡倥傯人生千滋百味…。

泉州——惠安

對惠安的印象來自於陸昭環的小說《雙鐲》。

古早年代，惠安漁民出海討生常有船難發生。為數眾多的寡婦難以再嫁，便時而鬧出悖逆倫常的同性戀情事。這篇小說兩名女主角以鐲為信物，最終相偕投海自盡。

此後惠安女子即在我心中形成一種淒豔悲愴的形象。

車抵惠安，迎面一股強勁海風。遠遠行過的削薄姿影，斗笠下鮮豔的頭巾護住雙頰，及腰短上衣，褲管寬大，又被風灌得鼓鼓的，果然是相當特殊的穿著。

惠安住房看來多已修葺整建，不再是小說所述土泥堆垛的漁村陋舍。我想，未曾改變的應是張貼紅紙對聯的習慣。

家家戶戶的門楣或壁牆上，黏貼著大同小異的祈福字樣：出入平安、花開富貴。福自海上來，財由門邊進。

千古不易的黎民心聲。這裏，茫茫滄海帶來的創痛更深，他們因而一年四季都須用這樣的字句來安撫驚悸的心吧。

有家門口坐著兩名交談的惠安女。前額頭髮平整梳向腦後。頭頂中央插著花串造型的簪子，平添一股嬌媚。頭巾仍蓋住半邊頰，但看來皮膚白皙，不像勞苦的、被陽光炙得黧黑多皺的漁婦的臉 — 或許她們是在石雕廠工作的女工。

惠安石雕近年十分出名。台灣許多寺廟都向此地石雕廠訂購巨大龍柱。靠近崇武半島的海邊還有一個石雕公園。各種人物或景象一一經由令人驚嘆的鑿磨工夫呈現。蒼灰色的堅硬石材，淨藍色的永恆大海，迎風佇立，只覺地老天荒……。

泉州——湄州

在泉州市度過中秋節，我們於十月五日去到湄州。

近年海峽兩岸掀起媽祖熱。大批信徒蜂擁至湄州尋根謁祖。十七歲即因救助海難者捐軀的林姓姑娘，在歷代皇帝封賜下，爵位由夫人而天妃而天后，但民間仍親切喚她娘媽，這也是中國南方對長輩女姓的尊稱。

媽祖之名則是明末清初去台灣的福建移民，攜帶娘媽神像，但仍視湄州之廟為祖廟，那兒供奉的娘媽便是「媽祖」。

由泉州搭車約二小時再轉乘渡輪至湄州，沿廟前層層石階拾級而上。低吟古詩「靈妃一女子，瓣香起湄洲」，那樣一名青髮素顏少艾女子，卻具有無私無畏的慈悲胸懷，想是此處碧海青天，地靈人傑！

正自思索間，忽見廟前店鋪飄揚著一紙旗幟。上面寫的居然是『媽祖金卡』，頓生啼笑皆非之感。但願這片海天淨土．莫沾染太多紅塵人慾！

武夷山——廣州——香港

武夷丹山碧水，早已久聞其名。在短短二日停佇中，我們登上高聳的天游峰，品嚐著名的「大紅袍」茶種，觀賞摩崖石刻，想像李商隱、辛棄疾在此吟哦的身影，也揣摩徐霞客浪遊入山的情懷。而最難忘的卻是那日午後，讓人寵辱皆忘的九曲溪竹筏之旅！

竹筏以六根粗圓的毛竹編結而成，又稱「竹排」。每隻竹筏可坐六人。為我們擺渡的是一對年輕夫婦，妻子立在前頭，丈夫立於筏尾。他一邊撐著長長的篙竿，一邊以低沈渾厚的聲音為我們說明九曲的名稱：晴川、浴香潭、雷磕灘、臥龍潭、平林渡、老鴉灘、獺挖灘、芙蓉灘、過淺灘。兩岸壁立的則有大王峰、玉女峰、隱屏峰等等。水隨峰流、峰逐波轉。五百年修得同船渡，有緣與向前、美之、郭雪波、王性初、許赤嬰等來自天南地北的文友，在凝青涵黛的山色下，共乘一桴浮於湛綠的溪澗之上，水流曲折，但相信每個人心中都是波平如鏡。

本計劃由武夷山市經廈門飛香港，因航班時間配合不上，改飛廣州再乘巴士赴港。因而在廣州市的短暫佇留，便成了此行中一個令人驚喜的意外。

在廣州作協兩位小姐陪同下，我們參謁了黃花崗七十二烈士墓。偌大的墓園內，民國初年植下的松樹早已高壯挺秀，鐫刻著每位烈士名字的石碑在多年風雨滄桑之後，呈著肅穆的蒼黑。整個紀念碑的設計並無特色，卻有一種萬古不凋的壯烈美感破石而出，想起烈士們字字血淚的泣別賦、懺情書或絕筆信，相信千載之下猶將令人愴然……。

揮別這個車水馬龍的南方城市，巴士約二個多小時可抵港。中國及香港各有一關口，距離咫尺，但所有行李均需重新檢查。我們的箱子都裝了不少書籍文件，沈重不堪，從巴士搬上搬下，耗時費力，如此兩次出入關口手續實屬不便民。入住旅館已晚上八時許，我們只餘一天遊歷了。

其實並無時間作任何香江遊，除天氣陰沈，美之姐與我已打定主意要去試試半島酒店的下午茶。坐在英式典雅大廳內，聽管弦樂隊現場演奏，茶香氤氳中，曲終人散的淡淡惆悵逐漸散去，昨宵入關被折騰的不悅也已消失，窗外下起滂沱大雨，我們卻覺心中晴碧萬里。

城市遊牧

這些日子遊走不同城市之間，如無常流徙的遊牧族。而我徵逐的，是一束束滋養生活的水草。

歲末東北　咖啡逐香

讀到專文介紹西雅圖咖啡，想起去冬一些出人意表的咖啡經驗。

去年底去大陸東北。由美國洛杉磯起飛的班機先往西雅圖加油，所有乘客均須下機等候。機場閒逛時突有馥郁咖啡香撲鼻。我逐香而去，發現一個小小的咖啡攤，大大招牌狂妄書寫著「西雅圖最好的咖啡」。

的確有理由狂妄。香、醇、濃，細品之餘通體舒暢。那時並未想到，此後十天我將喝不到咖啡。

說喝不到咖啡也許不實，但『正宗』咖啡遍尋不獲則屬千真萬確。北京往瀋陽的火車，軟臥供應免費熱茶，咖啡則須付錢購買，但盛在顯然不耐熱的塑膠杯裏，有種化學劑的怪味兒。心想哈爾濱是較洋化的大城，應可嚐到道地的。然而，當地的白肉、血腸、清炒薇菜甚至簡簡單單的蒜爆土豆絲都十分可口，但是咖啡……。

哈爾濱市中心的中央商城，是近年落成的現代化商場。我在花攤旁見到一列茶座，玻璃櫃裏甜點琳瑯，招牌上赫然醒目的咖啡兩字，立時見獵心喜，但遞過來的咖啡半溫且極甜。我喝咖啡不慣加糖，但要奶精。小姐解釋糖是早已調好的，又問啥是奶精。我改口用中國民航空姐的說法『奶包』或台灣習稱的『奶球』，她都不懂，最後我只好要牛奶，她面帶難色說加牛奶顏色不好看。這下輪到我不明就裏了。果然加了牛奶之後，咖啡竟不再是咖啡色，灰糊糊的一汪。淺吮一口，說不上什麼味道，絕不是咖啡就對了。

從哈爾濱搭新疆航空班機飛返北京。空中小姐端一塘瓷熱水瓶，裝的是——居然是咖啡。照例半溫、特甜、沒有奶精，還帶著邊疆羊騷味兒。

但是東北之旅倒不會因喝不到咖啡而失色。如果到處都找得到正宗的夏威夷咖啡、義大利咖啡或維也納咖啡，可能這個地方已被外來文化入侵得失去她迷人的本來面目了。

九月北京　廢園弔古

第五次去北京，終於見到圓明園。

雖是響噹噹的名園，並非旅遊熱門去處。前些次參加的旅行團都未將之列入。初秋去北京純屬私人辦事。那日搭車辦妥雜務，回程中喜見圓明園招牌，便嚷著別再錯失良機。

裏頭像個大公園，沒有太多景點或遊樂設施，遊人稀稀落落，反倍增自然清淨之感。幾個中學生模樣的男女生，騎著單車在寬闊路道上呼嘯而過，灑落一串正宗京腔：「在這兒騎車兒真有趣兒唄！」

可不是，北京城內人車擠迫不堪，如此清幽所在宜閒步、宜思古。園中碧波漱石、依依垂柳，處處可入詩、堪入畫。

那一行行碧柳垂絲，令人遙想久遠年代前，後宮妃嬪纖長的烏髮，當她們日日用篦子輕輕梳弄，有多少收攏不住的青春遺落？而一株株蔥茂綠樹，風過時的沙沙聲響，又有多少潛藏不住的嘆息迴旋？

大片蓮花池在眼前出現，蓮葉邊緣已呈枯黃，池邊嶙峋亂石散布，卻有一尊模樣完整的石獅蹲踞其間，奇怪，它怎未被紅了眼睛的八國聯軍劫掠？但也因此，它必須守著草綠草枯、蓮開蓮謝的廢園歲月，直到地老天荒……。

愈往裏走，愈有些較完整的遺跡。萬花迷陣曲折迴繞，想是由歐洲庭園獲得的靈感。大水注壯觀的碑柱上，繁複的雕花清晰可見。在夕陽殘照中迴映出

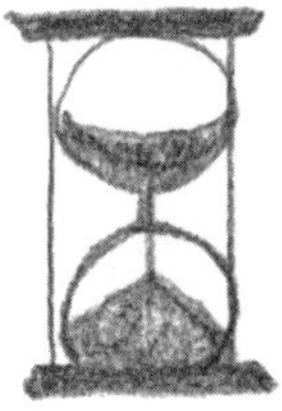

一種無可言喻的淒麗，也成為李翰祥〈火燒圓明園〉影片結尾那叫人難以釋懷的鏡頭——其實也正因這鏡頭懾人的殘缺之美，才使我念念不忘要到此參拜一番。

登上大水注坐落的小山坡，可見四處散落的石堆土礫。一八六〇年那場喪權辱國的戰爭，摧毀了萬園之園。如今那些石礫底下，是否還遺留著宮人錯亂的足印與兵卒腥膩的殘血？那些土垛裏，又是否還捲裹著被毀寶物的灰燼與侵略者貪婪的口沫？

暮色逐漸吞沒了所有景象，晚風中我豎起衣領朝出口走去。高山猶在，流水無情，圓明園道盡人間興衰。

七月芝城　星輝驚艷

黑人多，社區很亂，犯罪率偏高，華埠小而舊，冬天又長又冷…以往有關芝加哥的聽聞都是負面的。甚至，因為讀過白先勇的短篇〈芝加哥之死〉，那城予我的印象更近乎殘酷…

因此，從未想要走訪這美國的第二大都市。入夏一個極偶然的機緣，卻讓我像候鳥一般，飛臨解凍了的密西根湖邊。

抵達時已近傍晚，友人帶我們去吃西班牙菜。餐畢天色已暗，驅車至市中心觀光。先到湖濱大道看那著名的噴泉。壯麗的湧泉，在夜色中幻起銀鍊般的水簾與白玉似的晶柱，欲伸手捕捉，自指間散逸去的是數不盡的塵世繁華。

沿湖岸漫步，微風陣陣，一股清涼水意將空氣濾得極鮮冽。遠處高樓鱗次櫛比，熠熠燈火將這芝加哥的夏夜點綴得絢麗無比。另一邊是海軍碼頭的遊樂場，在黑沈的天幕下，在黑暗的湖水邊，益加五彩繽紛。世界最高的西爾斯大廈遙遙在望，燈采燦然，是人類在地面上創造的星輝。

長長的湖岸看不到垃圾，一點也不像我想像中髒亂的芝加哥。友人說，二十世紀初有個富商買下湖岸邊的土地，不為置產發財，純為保持其自然面貌。富商高瞻遠矚地說，若這裏成了公有地，政府或民眾一定會要求大興土木，商店林立固然可增加稅收，但也一定會破壞它整潔清新的環境。

多麼高曠的胸懷！芝城美好的一面使友人住了三十年仍不願搬離。

約翰漢考克大樓的電梯，是世上最快速的。我們在九十餘層的酒吧小坐——彷彿坐在星采之上。城市的燈火將我們包圍如一個溫柔的圈套，使我們甘於陷溺其中，做一個短促的，關於飛天的夢。

對芝城的初步印象是乾淨、亮麗、條理分明。高聳整齊的現代樓宇製造如假包換的星輝。但那屬於天庭的星輝畢竟高不可攀，畢竟冷冽如冰——是那富商的美好心意，使這城有了可資眷戀的人間溫度。

與水相親

去了遠遠近近許多地方之後，旅行大抵已不再為尋求新鮮刺激；常常是想與愛人重溫一段比肩交心的時光，與親人重拾一種噓寒問暖的密切；更有時，只想獨自或與好友一、二，暫避濁滯生活，去去不一樣的地方，看看不一樣的人，說說不一樣的話，讓蒙塵的靈魂回復它原初的素白。

這時，總喜選擇一個臨水之處，彷彿只有水的溫柔淡定，才能滌盡俗慮，重新向清淨的內在海域溯游，與自己作一番深度的對話。

君子之花

來到島嶼南部，赴一場蓮花之約，在初夏。

數年前返台曾特意造訪台北的植物園，那兒的蓮花池遠近馳名。當時聽友人說此地蓮花遭蟲害而悉數萎謝，現所看到的玉立紅蓮是由南部白河運來的蓮種。

那是我首度聽聞白河之名，但渾然不知它在何處。未料多年之後會有機緣遠赴台南，而白河鎮就位於台南縣，近年且因七、八月間舉辦的蓮花節慶闖出名號。

一個無事午後，驅車前往白河，過新營，經關仔嶺，一路村郊野舍風光，當白河蓮花節的布招開始在街頭招展，我們已駛入兩側盡是蓮田的巷陌——真的是一方方植滿蓮花的田畝，而非小格局的蓮池或蓮塘。大片亭亭翠蓋的蓮葉起伏如浪，修長挺直的枝梗擎著含苞或盛放的花朵。「接天蓮葉無窮碧，映日荷花別樣紅」不再是紙上文章，而是活色生香的景致。

小鎮阡陌縱橫，蓮田一畦接著一畦。緩下車速，吟哦「菱葉縈波荷占風，荷花深處小船通」，彷彿覺得自己是那乘扁舟穿花而過的芙蓉仙子⋯。

在一長列攤位前停好車，欣賞各種蓮花工藝及食品。小吃攤後一簍簍採收的蓮枝，一家大小圍簍剝蓮子。現剝現煮現吃，軟潤可口，不像有的加工乾蓮子久煮不爛。我初次見到青翠渾圓的蓮子嵌在色白如玉的蓮藕中，恰似古人形容的「百節疏通，萬竅玲瓏」。蓮花每一部份均可使用，無論觀賞或食用具為上品，亭亭物華，汙泥不染，是華夏民族孺慕的花中君子。

採購既罷已近黃昏，擇一處較清靜的蓮田邊小坐，用以澆灌的渠水汩汩流過眼前。青圃扇般的蓮葉在晚風中盪搖，扇去了暑意。蓮葉田田、荷風十里的詩中情味更叫人陶然忘機。

懷一腔柔情、挽兩袖荷香歸去，南台灣的暑夏竟如水清涼。

少女之霧

夏日將盡未盡之時，飛抵睽隔已久的北國。

十餘年前負笈異域的多城，曾於不同季節去觀賞鄰近的尼加拉瀑布。可能因初次離家，心境的不適使我無法盡情體會這世界級的名勝之美，反不時滋生「大江流日夜，客心悲未央」的愴寂感。

後來在溫暖的南方覓得工作，便迫不及待搬離寒冬長達五個月的多城。一直到今夏因表妹結婚，才再度前往。

當年離開，表妹尚就讀小學，現已在多城執業行醫。善體人意的她問我想去那玩，她可預作安排。

我未遲疑便說：「尼加拉瀑布。」

她說：「妳不是去過好多次了嗎？有沒有坐船到瀑布底下看『少女之霧』？一定要去看看才知瀑布有多壯觀。」

多城街道如記憶中寬闊潔淨，瀑布區旁的大公園較前維持得更綠意盎然，倚欄觀瀑，不捨晝夜的激流在墜落之處幻起大片晶白的迷霧，宛似玉碎的傲骨冰心，頃刻間殞滅成煙。

乘船行近瀑底，才知水流聲勢如斯浩大，一瀉千里的水牆排山倒海而來，水珠濺濕了遊人未被塑膠罩衫遮擋的臉面，尼加拉河一路行來似少女般娉婷斯文，卻不意在比遭遇深不可測的斷崖，它仍勇往直前奔躍而下，遂在崖底粉身碎骨，將那片如煙迷霧取名「少女之霧」，是否困著冰清玉潔，一塵未染的少艾女子，才有如此這般執著無悔的情操？

想年事正輕時，也曾奮不顧身投入自己選擇的感情，奔赴自己決定的前程，不計後果的浪漫情懷，使青春歲月無可避免走得曲折。回首前塵，碰撞的傷惻仍歷歷在心，但人似乎也必須那樣才能脫胎換骨。正如狂飆後的尼加拉河，終於化作潺潺流溪，每一朵浪沫都在溫柔訴說激湍歲月的青春情事，縱使不再風起雲湧，卻更有一種穿越迷霧的釋然與坦然。

落日之歌

住在美國內陸的友人，在一個秋意初染的日子來加州看我，我們在向晚時分去聖塔蒙尼卡吃海鮮，卻不意享有一次心靈的盛宴。

車沿一號公路前行。太平洋的白浪為加州曲折的海岸鑲著美麗的花邊。峰迴路轉之際，一輪熾紅落日驀地在海平線上出現，冶豔的色澤將整座穹宇潑染得就要焚燒起來一般，而浩大的海洋喧囂的是一支白日將盡的血豔輓歌。

朝夕陽的方向疾駛了一段，知道落日終不可挽回，遂在堤邊減速而後停泊，脫了鞋往沙灘走去，一波波水浪翻騰而來，濺濕了我來不及捲起的褲腿。踩在潮軟白沙上，讓一脈清涼貫透全身。夕陽無語，只默默淪入海洋底深沈陷阱，我們亦在某種異樣淒麗的氛圍中噤聲。這一向困於芸芸世事，能夠共同擁有一個落日黃昏實是難得的福份。

若非他的造訪．我不可能特意偷閒去看海，我們靜觀落日，只有海鷗絮絮聒聒，執意要喚回絕裾而去的一天⋯。

海水終於吞沒了紅日，灼燒的天宇開始一層層卸去血豔的光澤，抖去足上的細沙，卻抖不去沙石般刺痛心房的蒼茫之感。當落日還原為朝曦，也就是友人離去的時候，回到各自的軌道，再度投身紛擾紅塵，僅能讓有關海的記憶，舒弛緊繃的神經與思慕的情懷。

大海滄浪，落日黃昏，書寫的是令人不捨或忘的生命情境。

不繫之舟

去歲仲秋，人在福建。

一日與幾位文友漫步海邊，踏在大塊岩石上，極目所見水天一色，大海的蒼藍、岩塊的青灰、鷗鳥的雪白、天穹的湛碧構成一部動人的素書，展讀之餘直覺寵辱俱忘了。

少君突然問我：「要不要坐船去？」

岩岸邊泊著數隻小舟，傍萬頃碧波如幾葉孤葦，但我未猶豫便說好。

上了船才想如此小而簡陋的舟隻能下海嗎？也覺察看似平靜的海面下其實暗潮洶湧，但那種顛仆翻騰反予人乘風破浪的快樂。我們戲言是投奔怒海去了。

船隻起伏間，翻湧的海水不斷撲打在臉上、身上。遠遠望見岸上有人朝我們揮手，想是文友擔心我們脫隊，便要船夫返航，他還詫異我們這樣快就要回去，又接下去強調：

「短時間也還要算錢的喲。」

揮手者原來是負責我們這次出遊行程的向大姐。她說岸上觀可真驚心動魄，看我們一葉孤舟在風浪中時隱時現、載浮載沉，她又說這種船上不可能有任何安全裝備，她擔心的不只是脫隊，是生命安危呢。

不繫之舟的率性與釋放，畢竟也只能淺嚐即止吧。

府城足印

安平追想曲

「伊是荷蘭船醫，想那船何在，音訊全無通，相思寄看海邊風……。」

返台班機上，我帶上耳機。低柔哀怨的歌聲於耳際縈繞，細訴一段難忘但難追的情愛。看看空中雜誌刊載的曲目。竟是〈安平追想曲〉。我心一動，難道預知我蓬萊此去目的地是台南，先讓我體會些許古都情味？

從未料到有朝一日會落腳南台灣。某種命運的轉折卻使我在去國二十年之後，重新橫渡太平洋，飛向一個似熟悉其實生份得可以的所在。我在空中俯視島嶼綠黃交錯的土地，明知不可能，仍企圖分辨那鑲著白浪的一隅是否就是安平港？

「南部民風較保守，多半講台語，人很善良。你只要別因為從美國回來表現得洋裡洋氣的，應當很容易和他們打成一片。」朋友曾久居高雄，也住過台南，如此對我面授機宜。我心忖慘了，我的台語連上市場討價還價都成問題，對哭腔哭調台語歌的接受力則近乎零，如何和南部人打成一片呢？

而一曲安平追想，悲歌卻意外不是聲嘶力竭的哭喊。淡淡的幽怨、無告的傷楚令人低迴不已。揣想安平港古意沛然的畫面，不禁對即將登臨的府城心生嚮往。

台灣的歷史肇源於台南。「一府二鹿三艋舺」的府即指台南。十七世紀初，荷蘭人來此建城，稱之熱蘭遮城（**Zeeland**），鄭成功收復後改名安平，現今則俗稱安平古堡。故台南的歷史也可說始自安平。

由於對安平充滿遐想，抵台南第一個週末便去造訪古堡。驅車駛過台南運河之後，入眼盡是鄉野風光。魚塭、廟宇、檳榔攤，還有綠油油的稻田，道旁不時出現錯落墳塚——人死仍不願離開生前鍾愛養家活口的農地——當人煙漸密，便進入了安平區。越近古堡，越多食肆小攤，許多店主站立路邊吆喝：

「安平蝦卷俗俗賣啦！」「蚵仔麵線好新鮮喲！」

說是古堡，但已全面修葺過，十分新穎整潔，是一規劃良好的史蹟公園。幾尊大砲放置園內不同角落，倘徉漫步間，不時可停駐懷古一番。熱蘭遮城至今僅殘存一面高牆，屹立在公園後半邊。牆垣建材為糖水、糯米汁、貝殼灰與磚石，聽來有趣其實非常堅固，直到日本據台才遭損毀。如今斷垣殘壁上攀纏著古榕根葉，益增一份風雨蒼涼的歲月之美。

歸途中去到安平港。狹窄港灣內泊著零星漁船，海水盡處一輪紅日正緩緩西沉。聽說「安平夕照」是台灣八景之一，恰巧遇上。霞彩染滿天際，迴映盈盈水光中，是這樣的背景，才譜寫出番仔與漁家女的悲情故事吧？

放眼望去，不見來自荷蘭的船隻，亦無船醫的身影。日升日落、海天悠悠，終難道盡人世漂流沉浮⋯。

面對民間信仰

翻開台南縣市地圖，欲初步了解府城地理及可茲遊訪之處。

「哇塞！廟宇宗祠可真不少！」

一長列名勝古蹟一覽表令人驚嘆，光台南市就有大大小小的廟堂近百，其稱謂包括寺、廟、宮、殿、廳、亭、壇、府、坊、園、庵、祠；名號各異，供奉的神祇也多得叫人目不暇給。例如三山國王、三官大帝、嶽地爺、觀音大士、清水祖師、玄天上帝等等。多是國定古蹟級建築，其中國定一級的就有孔子廟、祀典武廟、大天后宮、五妃廟四處。

既是至今未衰的古蹟級建築，可見數百年來香火不斷，民間信仰在此想必已根

深蒂固。我的台南之行顯然也將跡近宗廟之旅。

那天遊畢安平古堡，由於大天后宮就在旁側，便就近參見了一番。果真氣勢不凡。近年來佛教等民間信仰大盛，信徒極眾，所以許多寺院均重新修葺，在府城街道走一遭，不時可見仍在整建中的廟殿。

大天后宮建築繁富縟麗，金碧輝煌，高高的龍柱上鏤刻著長長的對聯，優美的楷體書寫著平安祈福的字句。我用欣賞民間藝術的眼光觀看廟頂的雕塑，綵帶翻飛的霓裳仙女、色相鮮明的異果奇花、目光炯然的神禽靈獸…工匠用精細的手藝，信眾用大筆的金錢，表達一種對九天諸神的敬畏與虔誠。

這日大天后宮前有張紅紙標示：「歡迎湄洲進香團來訪」。心想真巧，去年十月我曾因著參加文學研討會而被安排參觀福建湄洲媽祖廟，可見寺廟也有著某種文化交流的功能。湄洲是媽祖故鄉，那兒有一尊黑面媽祖，乍看頗覺詭異可怖。導遊說是由於香火鼎盛，把媽祖的臉面都薰黑了。後來有的媽祖廟為表示信徒眾多，乾脆就將媽祖臉漆得烏青。大天后宮的媽祖也是黑臉，希望不是人工的。

在大天后宮的廊柱殿閣間穿梭，見不少善男信女都十分年輕。他們焚香跪叩，神色恭謹。後來去鹿耳門天后宮、麻豆代天府，一批批頂禮膜拜的信眾中亦不乏青少年。我想他們能接受信仰的洗禮與宗教的教化也是好的。至少心中會有一種尺度與規範。

以往曾認為寺廟的存在代表愚昧和迷信，而偶像崇拜更是民智未開的象徵。但百無禁忌並未給人平安喜樂；反而常有失落的慨嘆，無所適從的焦憂，缺乏安全感的惶惑，盲目追求解放的盡頭往往只發覺心靈無所依歸。因此現時西方青少年紛紛又走進教堂。

隨著時代進步，此地寺廟有的也開始突破古老的窠臼，積極發揮社教的作用。鹿耳門是當年鄭成功抵台登陸之地，那兒的天后宮也稱得上富麗堂皇，主辦「文化季」已好幾年，帶領社區人士及青少年了解先民傳承、人文變遷與鄉土風情。向來以為陰森詭秘的古廟院，至此似乎也煥發了一種鮮活靈動的人間氣息。

夜市

大二那年曾和同班好友慧瑜結伴，前往嘉義、台南、高雄等地「自助旅行」。那也是今年遠赴府城前我唯一的一次南台灣之旅。

彼時尚無「自助旅行」一詞。記得是南部同學熱情相邀，我們便爽快地背上行囊，跳上火車，自命瀟灑地下鄉走一回。

一直是個城市長大的孩子，追逐流行，崇拜西方。對本國本土事物接觸不多，卻常武斷以為那不過是些古板傳統的玩意。因此在草根味濃的南部，行程匆促而視野膚淺。對台南印象僅止於赤崁樓那一列矗立於龜背的石碑，以及莎卡里巴夜市。

赤崁樓是歷史課本中早已耳熟能詳的古蹟，遂不覺有何新意。夜市用了個日本名字，更讓我們這些自許為高級知識分子的少年仔，深感鄉下人果真不懂民族大義，被異邦壓制了那麼久，仍奴性十足沿用大和族的名字。炎炎夏日，揮汗走過油煙瀰漫的攤位，看蟑螂沿牆縫攀爬。甚至目睹一隻老鼠鬼鬼祟祟竄進桌底，想吃度小月擔仔麵的胃口立時消失，暗忖再也不來這鬼地方了。

怎知二十年後，我會停駐在「海安路綜合商場」的標誌下，因看到「原莎卡里巴夜市」的字樣而感親切無比，卻又有些失落，直對同行友伴說：「怎麼全變了？」原來這夜市終於改了名，但改的不光是名字，整個格局和氣氛都不一樣了。規劃一致的地盤，尺寸座位雷同，看來整齊多了，卻少了那一些亂哄哄的庶民野趣，不再見到蟑螂鼠輩橫行，人客也是稀稀落落地，七、八點已有不少店家打烊。後來去新設置的小北觀光夜市也是類似感覺。

或許夜市就該有點髒，有點亂，有點油膩，有點擁擠，而且——便宜。就像此地某些不知名的街頭巷尾，入夜即有大堆攤販聚集，亮起一盞昏紅燈籠或腥白日光燈，擺上一條長板凳或塑膠桌椅，𩵺魠魚羹香和著臭豆腐的熱氣蒸騰，我在熙攘人潮中跟著亦步亦趨、探頭探腦，排隊等十五元一碗的肉燥飯或十元一粒造型小巧的肉圓。往日那種因心存成見而滋生的厭惡之情已消弭不見，反覺這才是真真實實的市井人生。

都會即景

雨中台北

想是賦離已久，不記得五月份台北是何氣候。

有年六月返台，已全然無法適應那時節的熱度與濕度，真不知以前怎麼活過來的。但想來以前人口沒那麼眾多，車輛沒那麼擠迫，道路比較寬，並且有樹濾去夏躁，心靜人自清涼。

那年的六月天，日日汗流浹背，從冷氣房出來的剎那，嚴酷的熱氣竟如有形的針尖刺入肌膚，只好快步再避入一個有空調的店家。如此乍寒還暖，冷熱交逼，結果是一個月的『暑假』竟有三週『病假』，真是『熱』極生悲。從此即儘量避免暑天回台。

印象裏三、四月台北多雨，自忖五月應該較適合返台，於是挑了個出入平安的黃道吉日，搭上越洋飛機。

清晨六時許，出了桃園機場，往台北高速公路暢行無阻。初陽中的行道樹異樣瑩綠，車中有冷氣，旅邸中也有恰到好處的空調，故而尚不覺時序已入夏，心想來得正是時候吧。

在成為台北地標新光三越大樓用餐，從四十五樓的餐廳俯瞰這我出生於此的城市。曾經棲身的屋舍想必早已拆除，曾經讀過的小學與師大隱藏在縱橫巷陌間。重陽橋、淡水河橋、台北橋橫跨蜿蜒如帶的淡水河上，令人想起以河流與石橋著名的佛羅倫斯。儘管煙籠著淡水河的不知是濕氣還是瘴氣，但置身這樣的高度，確然感到一股浪漫歐風呢。

然而，當我再次步入凡塵，人潮車流四面八方湧來，鬱熱的空氣滯留臉面，形成一種黏膜似的汙穢感覺。朋友曾告訴我，有一年她九月回台，邊走路邊拿隻小電扇往臉上直吹，否則還真熱得舉步艱難呢。這種與高熱拼搏的時間至少五個月吧，難怪報上旅遊版沸沸揚揚，大力鼓吹人們『出走』。

一個悶熱的晚上下了雨，暑氣是消了大半，但馬路上的坑坑疤疤全成了水窪，一雙挺喜愛的鞋就如此『泡湯』了。還記得以前濛濛煙雨中，在台北紅磚道上撐傘漫步的情趣，如今在雨中逃躲車子濺起的污水，才知記憶如詩，而夢樣情懷早被歲月撻伐得片甲不留了。

下次擇日返台，大約就有概念了。五月的台北很熱，但可以忍受，五月的台北有雨，但不太好受。

路過行天宮

搭公車去亞都飯店，朋友約在那兒喝咖啡。路經行天宮，人潮滾滾不知有何盛會，好奇心使我臨時決定在此下車看熱鬧，其實也早就想在這座落台北市的廟宇觀光一番了。

進入廟內，只見偌大前庭萬頭攢動，看不清是何人在前方講話，聲調激昂，夾雜著經文禱詞的台語更聽得我一頭霧水。台下信眾有的固然專心在聽，四處張望，坐立不安者也不少。還有人兀自叩拜。或喃喃低語，或雙手合十、垂眼默禱。我一時以為走進農業時代的慶典或鄉土小說描述的迎神賽會。

善男信女並非全屬較喜求神拜佛的阿公阿婆，年輕的也出乎意料不在少數，香燭漫繞的周遭迴旋著一股煙薰火瞭的氣味，想是人太多之故，整個廟堂熱鬧有餘莊嚴不足。

走到廟門口，赫然見一殘障老者倚著門柱托缽乞討。另一門柱前則蹲踞著一個乞婦，狀似多年前報章披露過的，那種患穿山甲皮膚病的人，全身表皮緊繃。當她缺少睫毛的眼睛陡然望向我，我的顏面神經也變的緊繃起來。快步走開，心中默默期盼他們能多得一些神佛的照應。

行天宮有個地下道通向對街，放慢腳步閒蕩著。眼前突然出現一排算命館，家家都佔著一個小店面，看相觀掌、流年運氣、麻衣相法、紫微斗數…每家都有

人在求卦問卜。好幾個命相師居然是打扮光鮮的年輕小姐呢——她們這年紀即已參透生命玄機，足以為人解惑了嗎？

我也頗想花個幾百元去聽聽天機，但是看看約會時間已近，便三步兩步從這地下的奇詭世界又回到人間。

補習街與小吃攤

自台北車站走到重慶南路書店街，沅陵街城中市場以及遠東百貨公司，是我在台北期間摸熱的路線。每次走這路線，又一定會經過南陽街。

沒錯。正是那條你我可能都曾踏過千百遍的補習街。無數莘莘學子仍在其中穿梭，大而沈重的書包將一邊肩膀壓得傾斜，而年輕的步履仍然快捷有力。想來，他們心中，一如我們當年，以為走過的不止是一道狹窄的補習街，而是通往前程的大路……。

不斷與這些青衫少年擦肩而過。女孩們素淨的面頰透著青春自然的光彩，蓄長了的髮絲閃著陽光的晶澤，恍惚覺得自己仍是其中一員。出其不意在一家商店鏡中與自己打了個照面，步伐閒散，卻毫不輕快；身無重負，腰間卻一圈贅肉；臉上的彩妝掩不住倦意——我走在過去的補習街上，過去，卻怎麼也走不回了！

身心頓然覺得困乏。此時突見路旁一個小吃攤，蒸騰著大腸米粉的熱氣，一塊塊橙黃鮮嫩的油豆腐浮沈其間。另外一鍋則是圓潤光緻的香菇肉丸。自我安慰似地想：我的倦意，其實只是由於飢腸轆轆！

座位居然排在一條約兩人寬的防火巷內，一段長長的木條緊挨著牆，充當桌面，擺上座椅就只容一人穿越了。在各種餐飲店林立的大都會中，如此舊式、簡陋的食攤仍能生存令我驚訝不止。

老闆端來噴香的食物，附帶一盤鮮美的沾醬。我們面壁而食，無須正襟危坐，無須細品慢嚼，稀里呼嚕吃得臉燙心暖。國外也有不少打著台灣小吃或道地家鄉味招牌的餐館，就是吃不出這種興頭。身旁擠滿男女學生，一夥人邊吃邊交頭接耳：

「這學期你補幾科？」

「四科，受不了！昨天翹課去看電影，過癮極了！」

說話的男生偷看我一眼，大約見我不可能成為打小報告的人，便繼續興高采烈描述那電影怎麼個過癮法。

中學時代跋涉學校和補習班之間，也常在台中第二市場歇個腳，叫碗米粉湯暖暖胃。翹課看電影的事也並非沒做過——一樣的同伴，一樣的對話，一樣的攤子，一樣的吃食——難道，難道自己從未遠離，甚至從未長大？

抹去唇邊的油膩，拭去額上的汗珠，原來，能夠療治戀舊症解決心靈飢渴的，不是高品味的餐廳、高格調的飲宴，而是鄉氣草莽的小吃攤！

異色海棠

歲末，臘梅與水仙的季節，我初度來到中國。那是一九九三年，我來到中國，尋訪古典詩詞與華夏歷史中，曾令我深深眷戀的海棠神州，然而，從一個景點奔赴另一個名勝，我終究只是一名匆匆的旅人，短暫的過客⋯⋯。而我印象至深的，竟非名垂千古的建築，或是饒富佳趣的山水，而是一些微末的，不怎麼詩意的人與事。

奇特的店名

杭州岳王廟附近見到「岳墳商店」，湖邊路過「斷橋小吃」，明知這取名是配合岳飛墓、白蛇傳斷橋相會的名勝，入眼仍不免叫人吃一驚。

這一帶還有家「天堂購物中心」，也不免有些叫人詫異，說出來不是挺驚心

動魄的嗎？

「我今天上天堂去了⋯。」

或許是自己沒見過場面，歷經生死契闊的人反而覺得沒什麼吉不吉祥。世道亂時，不是菩薩金身也會被砸碎，太歲頭上也會被動土？

北京街頭看到好幾個碩大招牌，寫著「美國加州牛肉麵」，地陪小姐特別介紹此家很受歡迎，開了好幾家分店。

我心想，牛肉麵應是四川土產，但以「四川牛肉麵」號召毫無新鮮感。「美國加州牛肉麵」則不僅有創意，且迎合了一般人崇洋心理，真是生意人的高招！

下次若看到什麼「紐約烤鴨」或「歐洲水餃」之類的店招，大約見怪不怪了。

萬里尋妻

遊罷杭州，我們的行程是重回上海停留半天，回程軟臥火車上，一位單身團友問地陪，有無可能再去豫園。

我們不解，豫園也沒有迷人到那個地步。後來才由別的團友處知悉，他是想要再去造訪豫園商店中，一個長相迷人的上海小姐。

然而，那個下午已安排了去宋慶齡故居以及玉雕工廠，當晚就得搭機飛北京。有人勸他如此驚鴻一瞥、擦身而過的印象不實在，因此他並未如原先計畫的獨自再去豫園『尋芳』。但我看他一個下午都有些悶悶地抽著煙。

其實這位單身漢長得不差，洛城未婚女孩不少，都無緣無份嗎？實在是沒機會結識吧？雖也有人組單身俱樂部，報上也有大大的同心橋廣告，但稍覺自己有點『水準』都不願去試，而試過的人也都認為那的確不怎麼夠水準，以至於好多條件優秀的男女天各一方，獨自品嘗寂寞，蹉跎青春了。

因此，近年聽說有所謂萬里尋妻，萬里尋夫式的旅行團。就是將在你心中的擇偶條件一一列出，由中國那邊幫忙物色，然後安排以一對一方式見面。

大家都慫恿這位單身漢年底再去參加此種旅行團。回來也可『指導』後進，洛城曠男怨女似乎越來越多了。

烤蕃薯與芝士派

峨嵋飯店外有個男子叫賣烤蕃薯。推車上的黑色鍋爐冒著白白的蒸氣，正是幼時慣常見到的那樣。

顧不得上車時間已到，心中還盤算是否多買一些與團友分享，家人在旁催促，而手中僅餘人民幣二元，只得匆匆買了二粒。蕃薯握在掌心裏，透過毛線手套傳來一股暖意。噴香馨甜的味道，讓我重溫一種孩提時代的快活與滿足。

上車後發覺居然人手一粒。顯然懷念烤蕃薯滋味的，不止我一人呢。

那一夜，與我們同在北京京倫飯店共享芝士派的是，樹義的舅舅、我的阿姨及姨丈。全是第一次見面。

芝士派光潤細緻，清甜鬆軟而帶有淡淡牛奶香，好吃極了。以為紐約芝士派頂上乘，但似乎不及這次在北京嚐到的。

北京的芝士派。北京的初會。

「沒想到有這麼一天，我們會在外資大飯店，和海外親人一起吃美式甜點！」

他們想到的是，文革中舅舅因海外關係飽受折磨，沒人敢嫁他，直到六年前，他已五十好幾才結婚，而專攻土木工程的姨丈當時只能做泥水匠，近年重獲賞識，位居要津，監督了好幾棟北京大建築的施工，包括這家京倫。

希望下次來，不僅吃得到芝士派，還能跟阿姨他們去琉璃廠夜市吃牛肉泡饃，去胡同深巷裏，吃糖葫蘆和栗子糕⋯。

有些人

姜文主演的電影「本命年」中有段對話，大意如下：

衣服攤上，顧客問：「這件多少錢？」

「你，長了眼睛不會看啊？」賣衣的說。

顧客不由火起，反唇相譏道：

「我的眼睛倒是帶了，你的嘴大概昨晚丟在床上了吧？」這段話表現出了大陸一般店員的待客態度。

以下的對話，則是我這次在大陸親耳聽到的。

一個客人在還價，看似弱不禁風的老太太驀地提高音量，居然聲如洪鐘：

「你又不是我兒子，我幹嘛賣你那麼便宜？」

擺蜜餞攤婦人硬把棗子塞給一名女客，並說：

「試試看嘛，好吃就買，不好吃不買也沒關係的，這粒送你吃，不要錢的，試試！」

看她那股熱絡勁，女客吃了，但決定不買，正欲轉身離去，婦人怒吼：

「吃了人家東西不買，像話嗎？」

商店衣服一件件掛牆上，用手觸摸看質地如何。店員催魂索命似地：

「喂喂，不要摸，不可以摸啦。」又氣勢洶洶說：

「我拿給你看就是了。」

看後決定不買，那女店員從牙縫擠出一句：

「不買，摸什麼摸！」

唉。那些人，如此尖牙利齒，大約從來不知中國古稱『禮義之邦』吧。

相對於那些凶惡叫囂者的嘴臉，這裏還有許多無聲吶喊者的面容。他們不出聲，只默默跟著，窺探著，尾隨著。伺機閃到你面前，讓你惶然不知所措。

杭州靈隱寺外，有許多幾百年前雕鑿的佛像。我正讚嘆古代工藝技術，慈眉善目佛顏間，突然出現一張血漓漓的嘴。我嚇一大跳，本能想避開，那髒兮兮的漢子又把孩子抱向我。

原來是個兔唇兒，上唇一直裂到鼻孔，且縫隙極大，露出鮮紅牙齦，如沾了一嘴血。裂縫周圍糊著青青的鼻涕和黑黑的污痕。

髒漢用那渾濁的眼睛瞪視我。孩子見我看他，裂開嘴笑。血色牙肉益加駭人。我正要掏皮包取錢，地陪過來拉我走，邊低聲說：

「別理他，否則有更多的要纏上來了！」

沿寺外小道走向停車處。路旁是葉已落盡的白楊。驀地，一株光禿禿樹幹後冒出個似狗的東西，用四肢行走。再定睛一瞧，居然是個男子，身穿破棉襖，在這樣的冬日卻光著腳。那腿扭曲變形而無法直立，只有獸般向我們爬來。

這次不管地陪說什麼，我們都取了錢給他，但誰也不忍再多看一眼。

還有那八九歲男童，必須站在他自己的水果車上，否則還不比車高，旁邊一個兜售紀念品的大娘幫著招徠顧客。

「這孩子沒爹沒娘，大家幫忙買些水果吧！」

男童只靜靜地秤重。客人遞過鈔票，他嘴角微掀，露出不合年齡的，滄桑而不自在的笑容。

而上海車站前大群蒼蠅般乞兒，每一張污穢的臉膛，都在說一個無聲的故事⋯。

巴西遊走

遠渡

小時常到游大哥家去玩。他是爸爸旁系親姪，長我們許多。他的孩子年紀與我們姊妹相仿。記得表嫂美麗賢慧，圓圓的臉上總帶著笑意，會做好吃的點心，所以我們很喜歡去大哥家。後來就聽說他們全家要移民巴西了。那是六十年代事。

中學地理課讀到南美國度。好不容易記住了里約熱內盧這有些兒拗口的地名。之後，關於巴西的概念，陸續增加了狂熱激烈的足球，歡躍多彩的嘉年華會，遼闊神秘的亞馬遜叢林，但這些都不足以吸引我至此一遊。尤其游大哥一家移民數年，說是當地討生困難，表嫂因操勞過度染疫疾去世，巴西在我心中近乎落後蠻荒之地。

千禧暑假，我由台灣飛返美國。心想北美居多年，一直未去過南美洲，且父親

一直有著尋獲侄兒的心願，便與父親及妹妹結伴，決定遠渡巴西一行。

大城

洛杉磯起飛的班機，十三小時後抵聖保羅。柔軟透亮的橘色雲層迸射出金箔般的朝曦。時差四小時，南美洲清晨的高空妍麗晴朗。眼下星羅棋布的城市，飛行十餘分鐘仍未見盡頭。原來聖保羅是中南美洲的第一大城，人口一千八百萬，幾乎有整個台灣那麼多呢。

機場萬頭攢動，各色人種看得我眼花撩亂。白人、印第安人、東方人，還有一望即知混了多種血的，頗有特性的臉。有些黑人長相十分俊俏，想也是一再混血過的，此地稱之『牛奶咖啡』，反看不到黧黑厚唇的純種黑人。

人多謀生不易，因此來前就一直被警告一定得小心財物皮包，別帶任何首飾，甚至相機也儘量不要背在身上。往市區路上可見大片貧民窟，令人懷疑巴西政府怎如此不重形象?後來聽本地朋友說巴西人好逸惡勞，生活過得去即可，他們甚至認為觀光客已提供足夠收入，無須再大肆宣傳，因此並不熱中「藏拙」，城市中處處塗鴉，許多古典建築也不能倖免。

在別的地方看四處出售粗拙紀念品或吃食的，大抵是小孩或老者，此地卻多是青壯人士。聖保羅街頭林立著一個個電話亭，設計十分趣致，兩只頂蓋並列如同碩大雙耳，綽號就叫『大耳朵』，使用者甚眾，反見不到許多大城中人手一機的情形。由此可知這不是一個富國。

原來巴西經濟畸形發展，全國百分之八十的財富集中在百分之十幾的人手中。路經許多街道，窄小商店密集毗連。零亂陳列的貨品，店員懶散地趴在櫃台上，和看似同樣無聊的來客搭著訕。車身搖晃中很有種駛行南台灣市鎮的感覺。

聖保羅大學是巴西最高學府，然而佔地雖廣卻乏景觀設計，草坪焦黑、校舍黯淡，少了一份仰之彌高的學術氣息 — 是否人們寧願將錢花在世界盃足球賽與豪華的嘉年慶典上？

開拓者紀念碑十分莊嚴偉岸，但週遭環境也未美化，孤零零矗立在一個圓形廣場中央，四圍車聲嘈雜，不能激發什麼思古幽情或愛國情操，實在有負紀念碑設計者的用心。而後我聽說巴西人不擅於懷舊。也或許，作為葡萄牙後裔，祖先曾海上稱霸，雄踞一時，他們的光榮事跡只徒增如今的沒落之感吧？

名都

里約熱內盧當然是來南美不可錯過的都市。早年為葡萄牙與法國爭奪之地，一八三四年獨立後成為首都，因而市內有許多典雅的歐式建築與優美的古教堂。可惜的是塗鴉仍然不少。一九六〇年巴西遷都巴西利亞，里約成為渡假勝地、今年甚至被美國權威旅遊雜誌評選為世界十大最宜觀光的城市之一。

八月下旬正值南半球冬天，遊人稀少，海邊看不到戲水佳麗，沿科巴卡巴海灘一大排露天茶座冷清清地，有些侍者得站在路邊『拉客』。但也因此整個沙灘看來淨爽安詳，之後乘坐纜車登上麵包山，遠眺長長的沙灘如一彎銀帶，捲珠弄玉的白浪為它綴上晶亮的鑲邊，湛藍平滑如上好絲緞的海水延伸至天際，其間散佈著翡翠色的小島。此番背山面海的美景直把泰國芭達雅海灘和夏威夷威基基海灘比下去了。也可想見一五○二年一月一日，初抵里約的葡萄牙艦隊，以為看到的是一個美麗的大河出口，便將它取名「嫵媚的一月之河」(Rio de Jeniero)。

基督像更是必去參拜的著名石雕。搭乘登山小火車往上攀爬，再步行二百多個階梯。由於基督面向大海，我們先看到祂的背影與衣裾下襬，更增某種虔敬的朝聖之感。仰視這高達一百二十五呎，重達一千一百四十五噸的雕像。俊秀的面龐，溫柔的眼神，張開的雙手，挺直的身軀，令人油然升起一種渴慕「救世主」的心情！而 Christ, the Redeemer(救贖者基督)正是雕像之名。

這座一九三一年建成的塑像，俯視著整個港口和大西洋，里約的美景盡收眼底。在里約城環海的任何角落，也都可辨認出這巨型雕像，向兩邊平伸的雙手，遠望如同一個十字架，庇佑著芸芸蒼生。

駛過寬達八線道的跨海大橋，我們去到世界最大的馬拉卡納足球場。這座球場自一九五○年建成，就逐步將巴西造就為『足球王國』。置身高達六層樓的球場內，可容二十萬人的座位分為黃、白、綠、藍四色，分別代表著財富、和平、森林、天空。想像二十萬觀眾齊聲歡呼—那時，踢出一記好球的球將，可能覺得『君臨天下』的快感不過如此吧！

入夜，巴西窯烤和森巴舞秀，為里約的停駐寫下完美的句點。

飛瀑

會決定遠渡巴西，有一大部份是為訪謁伊瓜蘇瀑布。

以往對伊瓜蘇所知不多。世界三大瀑布，東方人大抵只曉得尼加拉。這當然是由於美加兩國的大力宣傳，而交通便捷亦是主因。遠處巴西南部，藏身密林間的伊瓜蘇瀑布，對東方遊人來說，則必須搭機三十餘小時，跨越五湖七海，稱得上『長征』了。

由里約飛往伊瓜蘇約三個鐘頭，一直以為伊瓜蘇是個鄉間小鎮，沒想到已具大城規模，人口有二十四萬之多。而華人也有五千人，據說大都在巴西、巴拉圭、阿根廷邊界做生意，為我們導遊的小李在大陸學電機，來此已十年，主要也是做買賣，業餘導遊。葡萄牙語琅琅上口的他已在此購屋，雇了葡傭照顧孩子。

他帶我們去的第一家餐館就叫「中國餐館」。攀龍附鳳的樑柱，朱紅鑲金的壁

牆。一派俗豔但生意不差，菜也做得不錯。老闆來自台灣，定居巴西已三十年了。

他們就像飄飛的種子，在南美的邊陲落地生根，生活和伊瓜蘇瀑布息息相關了。

由市區開車往伊瓜蘇國家公園約二十來分鐘。當我們在林蔭深處的一家大旅舍前停下，眼前驀然出現一排密密的水簾，彷彿經過最精巧的設計，錯落有致地自山崖絕壁間垂下，飛珠濺玉，擲地有聲，為其後的瑰奇之旅展開絕頂優雅的序幕。

沿河闢出的石砌步道在山林間蜿蜒。每走幾步都有令人驚嘆的美景當前。樹隙中乍見纖柔修長的一柱水流或幾束並列的洪湍懸墜而下，而豁然開朗的一面平台上，遙看吐玉噴銀的水幕掩映著森密濃綠的針葉林，都不禁駐足良久，忙著細看，忙著搶鏡，直到小李說：

「還多著呢，一共有兩百多條瀑布哩！」

正因其多，怎麼也無法將全景一覽無遺，只好一個一個鏡頭拍攝，希望有可能湊成一張完整的瀑圖。

還未走到下個轉折，忽聞轟然聲響，遠望水氣蒸騰，嵐煙靄靄，忙問：「這是最大的吧？」

話聲未了，一股巨流排山倒海自崖頂傾巢而下，想來只「銀河落九天」差可比擬。

「不，還不是！」小李的表情有些捉狹。

這樣問了兩三次，直到看見一條長長伸向水中的石橋，其後壯闊的晶瀑，簇擁著、吼嘯著、騷動著，奮不顧身自高崖衝刺而下，激起大片迷離炫目的雨霧，幻化出一道彎弓似的七彩水虹。

往橋上走去。正待停下細瞧，一片茫茫煙雨直撲臉面，髮潮衣濕，可見水勢之洶湧。走到橋盡頭，才躲過怒瀑的追殺，拭去水漬。

我們異口同聲說：「尼加拉瀑布實在難以較量！」

端立橋頭，貪看「魔鬼的咽喉」霸氣地吞雲吐霧。這橫亙在伊瓜蘇河中的弧形斷崖，由空中俯瞰的圖片看來就如巨大的咽喉，眾水蜂擁至此，縱身下墜，捲起千堆雪，如橫飛口沫在喉間鼓盪，正與天地大化進行最激烈的爭辯，而它的振振有詞早把旁聽的、渺如一粟的人們驚懾得啞口無言了！

以往雖看了不少伊瓜蘇瀑布的照片，但有限的平面圖完全無法呈現那種奇絕多姿的壯麗，那種飛流直下的激情，也無法攝取那奔湧的聲響、透涼的水意、若隱若現的虹影，還有陽光照映下，那千古洪流變化多端的晶澤……真的，只有身歷其境，才能自己在心中拼裝一幀飛瀑圖，聊將滾滾奔流停格於記憶網頁。

次日，覺得只在河邊作壁上觀意猶未盡，決定乘坐叢林汽車穿過密林去搭橡皮艇遊瀑。穿上塑膠雨衣及救生背心，我仍想用鏡頭捕捉瀑布近景。沒想到接近一股高山巨湍時，一陣急如星火的水點欺身而來，當船駛離，我才發覺相機快門已無法按下，只有苦笑，這大約是大自然的嘲弄吧：徒勞的人們啊，想用小小的鏡頭收攝我偉大的靈魂嗎？『門』都沒有！

寶玉

幾年前曾至聖地牙哥觀賞「葡萄牙王室珠寶展」，那些珍藏數百年的稀世極品，據說都是巴西生產的寶石，被當年盛極一時的葡萄牙人運至歐洲，由當地一流匠師為皇室貴族設計的。我這才知道巴西以產寶石著稱。

世界第二大的史登寶石公司就在里約，巴西各地也都有其分店。他們的珠飾寶玉價格高昂，想來也是為現代的豪門世家設計的。倒是一般藝品店，都販賣一種以各種寶石的石材為底座，其上立著一隻栩栩如生的巴西國鳥——大嘴鳥或是原產亞馬遜叢林，如今已被撲殺幾近絕種，色彩艷麗的鸚鵡。這些底座的石材未經細緻琢磨，卻保持了天然之美，白水晶、田黃玉、翡翠、瑪瑙、紫晶等，大抵也是華人喜愛的風水石，可開運避邪，甚至具健身療效，越大型越有作用，其刻工也越精美。可惜對旅者而言攜帶不便，只好買隻小小鳥，聊作巴西行的紀念。

奔波組曲

春之吟遊

握緊方向盤。足踩油門加速。按下左轉信號燈。目光在後視鏡中游移。伺機游入滾滾車流。

浴著朝曦的車輛是一尾尾金色的魚，在蜿蜒似河的公路奔溯。傍山行那程特別魚水相悅。林木蔚然清蒼，讓我因早起而猶覺酸澀的瞳孔汲滿舒弛的綠意。越過公園、軍營、購物中心就得正襟危坐、準備在五線高速公路連換三條車道，否則會錯入南轅北轍的方向——一如人生，雖非不容閃失，一旦誤入歧途將如那首流行曲中高唱入雲的——回頭太難！

晴春好日。座椅軟硬適度。窗才洗淨，透亮。視線收羅了天的釉藍樹的蔥綠，殘留眼眸深處的昨夜夢影遂盪然無存了。

旋開收音機。古典樂調頻台的出身音樂學院主持人，曲目背景如數家珍。

「……一八〇三年完成，是他創作力最旺盛時期。這篇樂章華麗、激揚、帶著令人魅惑的熱烈。俄國文豪托爾斯泰也被感動，寫了一部同名小說……。」

突然，我的神經全都興奮起來。沒有錯。正是我極心折但久未聽聞的〈克羅采奏鳴曲〉。大學開始迷古典音樂，大量收集貝多芬作品。漆黑的夜裏一遍又一遍聽〈克羅采〉，音樂的豐美照亮了心之死角。樂聖高華的才情，使年輕的我震動澎湃不已！

多少年了。彷彿早已失卻那份用靈魂傾聽，而後搜尋資料埋首探究的痴狂。遠大的理想在日復一日的工作之中逐次萎縮，終於成為一則荒誕的傳奇。無止無休奔波於公司與家，有時不免覺得束手無策。六十號高速公路是一截長長的鐐銬；而這五呎長、四呎寬、三呎高的車廂，其實已經把人變作一種囚徒。

而此刻，這小小車廂竟如一只音樂寶匣初啟，將一粒粒受困的音符釋放。眼前坦蕩蕩，五線道公路，一往無悔伸向晴藍的穹空，簡直就像生命的五線譜。溫柔的、寬容的五線譜。而我已化作一枚珠圓玉潤的音粒，趾高氣揚、無所滯礙前奔。

昨宵酣睡竟夜，今早無需掙扎即起。從容上路發覺常常壅塞的高速路暢通無阻。春陽普照，浸浴久已無暇親近的樂章之中。放任自己在音浪裏融解、淨化、升華——今天的開始如此完美無缺，我不禁微微嘆口氣，似乎擁有全世界也不是什麼難事，雖然我全部佔據的空間只五呎長四呎寬三呎高。

夏之變奏

酷夏中一天。日子如常。起床梳洗如廁更衣鎖門塞一片白麵包在嘴裏鑽進四缸小車。

高速路口一列長長車陣，上下班尖峰時段，那兒的交通燈總會交錯輝閃，提醒眾車勿搶道。綠燈乍亮，一輛馬自達倏地衝出去。旋即緊急剎車。厚重的輪胎與粗礪的地面，刮擦出尖利慘烈的嘶響。幾乎撞上前車，馬自達才險險停住。

上了高速路，擠入緩緩蠕動的車流。旁邊赫然出現方才那輛馬自達。再心焦，此時也只能認命在高速路上低速行駛。與生活對決的陣仗中，手無寸鐵市井小民往往只能認命。唯有尖利慘烈的剎車聲，洩露了他心底的壓抑與不歡。

或因冷媒不夠，或因近期未按時保養，汽車空調努力運轉，仍擋不住節節進逼的熱的大軍，毛孔中的汗液爭先恐後逃竄。離家前才描好的眼影逐漸失去附著力，也許已漫漶眼瞼下，形成一圈疲憊的黑暈。提醒自己下車莫忘補妝，否則很可能又要被同事消遣：「昨晚縱慾過度啦！」

這個城市向來乾燥，如今夏季鬱熱悶濕，似在讓我們溫習島嶼家鄉的酷暑。科學家們不是一再發出警告嗎？地球各地都出現季候生態突變現象，因為亞馬遜河熱帶雨林被大量砍伐，而種種叫不出名目的污染，已使空中臭氧層破了個大洞 — 我不禁抬頭看天，似無潰爛跡象，但灰翳翳如失明的眼珠。

不禁又四週張望，一車緊接一車，看不見來處，也看不見盡頭。馬自達早已被車的洪流吞沒。車陣排出的廢氣叫人再唱不出天天天藍。五線道公路也不再詩意得像五線譜，所有音符都癱瘓了。

左顧右盼意圖找出堵車緣由。旁邊的人臉寫著更大的問號。是一場驚心動魄的車禍嗎？還是趕夜路卡車司機，瞌睡中一個換道不慎，整車紙盒或別的什麼撒了一地？會是工人在大規模修剪路樹嗎？還是清潔車在搬除死難動物屍體？

初次在高速路見到血污破碎的毛茸茸屍骸，我倒抽一口冷氣，緊踩剎車卻不知能作什麼。大事一樁說予人聽，對方漠然一句見得多了。的確後來我也見得多了。六十號公路兩旁原是荒僻山區，不過三、四十年前此尚屬鳥獸出沒之處。誤上高速路的動物們，或仍以為置身家園範疇。因為牠們的老祖母曾說：山那一端有一汪寧靜水塘，水塘邊長滿荻花 — 牠們，就是要來尋訪童年心中的荻花塘……。

然而路越來越陌生。最後腳下竟不再是濕軟的泥土小徑，而是飛砂走石的堅硬路面。當牠們看到一大群形貌詭異且口吐穢氣，人類管它們叫『車』的傢伙迎面而來，有點兒驚慌，但仍認為那是山林裏另一種野生族類，不去招惹就是。孰料它們一個個張牙舞爪，避開了這個，躲不過那個……。

蝸走牛步之際，唯有思緒天馬行空。突地，身旁車子離弦箭般射出去。公路豁然貫通。至於方才緣何受困毫無端倪，不似上述任何因由。反正在這個據統計每兩個人就擁有一部汽車的城市，高速路上橫遭攔阻已成為生活的一部分。

只有善於解剖現代人的艾略特，他的詩作寫出了我們無聲的吶喊，我們無力的質問，我們無意義的自嘲：

在生活中喪失的生命，何處找尋？

秋之輓歌

血豔的落日，是向晚秋天空獻祭的赤膽丹心。

惶急前奔的車輛，似乎趕著要去將它營救回來。

風馳電掣的速度，令人想起前一陣的高速路槍手事件。只因被超車，持槍者就用歡聲雷動的子彈擊穿對方的腦袋，並且用速度作掩護，飛快逃逸至今法外逍遙。

坊間近年流行什麼賺大錢的一百種方法，使人人愛慕你的一百種方法，甚至自殺的一百種方法。高速路槍手用的是不是發洩憤怒的一百種方法之一？我忖思著：當他們擊斃一個人的時候，又是不是像撞死一隻動物般無動於衷？

公路上一時人人自危，超速搶道亂按喇叭做髒手勢之類狀況大減。按捺一下你自己的憤怒吧，很多人如是想，比你活得更無奈更不堪的人有的是。那些人的槍口不對準別人太陽穴的時候，往往是對準他自己的。很多人這樣想的時候，他們的目光就柔和了，他們的心地就悲憫了，他們的速度就緩和下來了。

然而，調頻台新聞報導促使人們血壓再度上升。

「…十餘人受傷，鋌而走險亡命徒，被撞得身首異處，並使五名無辜者同赴黃泉…。」

似警匪片情節。私藏古柯鹼南美毒販，高速路上被警方追捕，遂異想天開衝過分隔安全島。與反方向來車撞個正著。高速猛惡的碰擊掀翻來車，自己也飛落數呎外。十餘車激撞成一團。交通阻滯六小時之久。

未曾報導，但現場的血肉橫飛歷歷眼前，是這個宣稱沒有戰爭的國度的殺戮戰場…。

被夕輝染紅的天空啊，是在為逝者書寫悲傷的輓歌嗎？

冬之和弦

輪軸如季節運轉，駛過晴春。駛完長夏。駛盡淒豔的秋天。駛入寒素的冬季。

空氣乾燥冷冽。如一方明礬，濾去紅塵濁世一切不潔。整個人清醒無一絲雜念，幾乎可以穿透歲月溯回那個傾聽〈克羅采〉的朗朗春日，像溯回某種前世的記憶。

苦熱的長夏，熬練出一個成熟而端凝的秋季。馳騁秋山脈脈的路上，我不止一次哀悼落日，也不止一次追逐無法挽回的一天。而一路在漸次清冷淡遠的秋空下省思，我終能幡然了悟：落日，總會在第二天還原成朝陽；我們失去的一天，也通常能在長夜逝後，被允諾以重新來過的機會。

冬天天色早暗。工作既罷鑽入車廂，兩隻前燈利刃般割開嚴密膠著的黑，為我拓出一方光明。跟隨這方光明便能回家，或到達其他想去的地方。

每輛車前都輝閃著一方光明，彷彿每個車的舵手都是一枚光源。那種亮度使夜不再漆黑路不再難辨冬不再枯寂，屬於冷血殺手的記憶也不再如夢魘纏絞。前方車輛璨紅的尾燈，綴成一道色之流彩，對面來車晶白的前燈，串成一柱光之銀練，鑲滿星華的夜空相形失色。

而每一盞燈彩，都在詮釋一種任勞任怨的人生，每一線光束，也都意味著，我們彼此護駕彼此簇擁彼此照明——一如游魚單獨溯河，但相濡以沫。

長長的、無盡的車陣遂如一股滾滾熱流，蜿蜒貫透全身，在冬天，在奔波的人生路上。

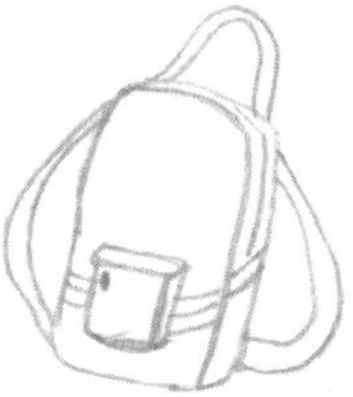

田畦童夢

也許是在城市住久了，近來常無可遏抑懷想起，一些帶著稻香與泥土氣息的舊事。往往是謐靜的夜，抹去厚厚的脂粉，卸下高雅但總會使呼吸不太順暢的套裝，在一種全然不設防的心態中，那些我以為已被流光蛀蝕一空的記憶，便悄然自深幽的遠處如霧般煙漫心頭。

青蒼的天穹，青綠的家門，青翠的稻浪…我任自己在青色霧障中消失，重新化身為一個無憂的女孩…。

❊　❊　❊

午後，我在窗前做功課。

一種沙沙的響聲，持續衝擊著我的耳鼓。拋下雞兔同籠的問題，我乘媽媽沒注意，溜出家門，立時被漫天漫地的、閃爍著陽光色澤的浪朵襲捲了。

層層疊疊湧向天際的，是一片翻騰起伏的稻海。金波翠浪，搖曳如召喚的手，頻頻催我。

初熟的稻穗在碧穹下款擺，彼此親密地擠攘摩梭，熱烈地交頭接耳，激發出那種叫我坐立難安的沙沙聲響，彷彿是我自己關不住的、活蹦亂跳的生命力。

我進門挨著媽媽，苦苦相求：「現在還是暑假嘛，明天我一定不出去玩，在家把習題作完。」

小我四歲的妹，也一逕撒著嬌：「我要出去玩嘛，讓我玩一下好不好嘛？」

剛剛從台北搬家來台中，我將升上小學五年級。擠窄的城市蝸居，改換成緊鄰大片田野的獨門獨院家屋，那份新奇與開闊，讓我們迫不及待想要動身『探險』去了。

「可別跑遠哪！」媽媽語音未了，我已拉著妹妹的手，越過窄窄的馬路與馬路邊淺淺的溝渠，縱身躍入那汪稻海。沿田埂跑呀跑的。回頭一望，我們家已被翻湧的青浪淹沒，只見得到那彷彿縮小了的屋頂。稻海浮蕩中，我們一陣暈眩，心中隱隱有些害怕，急急折回。衣角叫四處伸張的稻禾鉤住，用力一扯，穗粒嘩嘩掉落。想起早先讀過「汗滴禾下土，粒粒皆辛苦」之句，自覺犯了錯，跑得更快了。一直要看到那兩扇漆成綠色的家門，仍穩穩當當等著我們，才敢緩下步子。

不久我們認得了一些鄰居孩童，其中和我們混得最熟的是曉菊。她的年齡介於我與妹妹之間，清秀的圓臉，略略突出的犬齒。平時很羞澀，笑起來露出犬齒，又十分俏皮討喜。

三個人膽子就大得多。而且我們發現，稻田雖寬闊無涯，只要順著田埂走，就一定回得了家，所以不再倉皇奔跑了，反而常往更深更遠的方向探去。遠處有一塊土坡，土坡下聳立的是一座大大的野墳。墓碑已剝損了，但我們仍唸得出：「顯考劉氏之墓」水泥砌的墳塚裂痕斑斑，有時玩累了，竟倚著墳塚睡去。就算有鬼，他也從未驚擾我們。醒來，頭上仍是一片耀眼的藍天，耳際迴蕩親切的、沙沙作響的，風與稻禾的私語。有時走得更遠，田埂接上一條泥土小道。道旁矮矮的村居，掩映在高高的竹林下。幾個赤足的孩童奔竄著，把老母雞驚得咯咯叫，一群搖搖擺擺的鴨子則慌慌地往竹林中的小溪逃去。

泥土小道的盡處就是鐵道了。兩條神奇的鋼軌在陽光下閃著眩目的金光，從日頭昇起的方向延伸過來，又延伸到我們不能想像的遠方。三個孩子在軌道上歪歪斜斜邁步，常常把那些村童也給吸引了來，一起比誰能在細細的軌道上走得久且維持屹立不倒。

聽到汽笛長鳴，我們莫名地興奮起來。趴下身子，伏在軌上傾聽轟轟的輪響，又趕忙站起，躲到近旁蘆葦叢後，看火車由遠而近，天搖地動在眼前疾駛而過，駛向天際，駛入未知－火車飛逝的方向，就是我們以為的世界的盡頭了。

有一年刮颱風，家門前的田畦一片汪洋。街道上積滿水。下課涉水回家，不意遇到一陣激流。步子一個踉蹌，書包掉落了。我站穩後想搶救，書包卻已被快速的水流沖走。一路哭著，雨淚交織，為失去嶄新的鉛筆盒作業簿，還有零用錢而傷心

欲絕。

爸媽安慰我，又給買了新用品，奇的是書包竟失而復得。原來數天後大水退去，學校的老校工在地勢低窪的一處田埂邊，拾到這淤塞著爛泥的書包。老校工認得我的名字，拿到教室來。我心中忐忑，不知他將怎樣數落我。我們都很怕這以前當兵的老校工，他比教官還兇。

放學時他全校巡邏一遭，一間間鎖教室。見有滯留嬉戲的同學，他會厲聲喝斥：「回家回家！小孩子要學著不浪費時間，好好讀書才對。懂—不—懂？」拉長了的尾聲有時突然黯啞下來，化為低低的嘆息：「我就是貪玩，不肯讀書，一定要離家去闖，以為外面的世界又自由又好玩—唉，再回不了家了呀……。」

原來他以前在家鄉時功課很差，常被奉行「棒底出孝子的」嚴父責打，便伺機跟幾個同學一起參軍去了。南北轉戰間糊裡糊塗來到台灣，糊裡糊塗當了一個伙夫，又被調到這個小學當工友。等到終於開始想家時，才明白自己清風兩袖，孑然一身，更不知何處是歸程……。

「唉！我好想—好想那個常用旱煙管敲我腦袋的父親啊……。」

我們常屏息靜氣聽他訴說自己的故事。當他的聲音幾乎變成一種哽咽時，我們總會見到那張黑黑乾乾的臉上青筋突跳，眼眶血紅，便常嚇得一哄而散。

那日他提著我濕漉漉的書包，神態仍嚴厲，語音不似平時暴躁：「學生丟了書包，就跟軍人丟了槍一樣，不配當軍人了。你還模範生咧，以後可要特別小心喔！」

他把書包遞給我，又說：「我把它洗過，大概還能用。書包裏邊的東西全泡爛了，我都裝在這個袋子裏，自己看看還要不要。」

他又遞給我一個塑膠袋。當然，帆布書包已縮了水，不能再使用。但我至今覺得，老校工外表兇惡，內心是正直而溫厚的。而他孤獨遠去的身影，在我的記憶中，成為一種蒼涼。

大水之後田就荒了。稻苗全被浸壞，一灘灘陷在泥窪裏。無人耕犁的田，不久就乾旱龜裂，野草叢生。鷺鷥飛來不見漠漠秧綠，大約以為飛錯了方向吧，此後也不再出現了。

後來才知田地荒廢不光是大水害的，農村子弟上城裏討生，不願再在田裏幹粗活，靠天吃飯了。有次曉菊來我家，眼下一圈黑暈。起先問她，她強忍不出聲。後來抽噎起來，說是媽媽打她。她撞到門把，眼球淤血幾天不退，那以後又看到她手臂被擰得青紫的痕跡。偶聽幾個鄰家媽媽對話：

「沈太太神經病越來越嚴重了。以前那麼漂亮的人，如今喲，衣服也不知道換洗，身上都發出臭味……。」

「打起人來才狠哩。你看曉菊，乖乖巧巧的孩子，被揍得不像樣，有次我去勸，還被抓傷了呢……。」

我斷斷續續聽出：原來沈伯伯從前是個帥氣的空軍，娶了如花美眷。可是到台灣後水土不服，大病一場只好退役，在一家工廠當個小職員。時裝、舞台、月下花前、郎才女貌都成了封箱藏櫃的記憶——而太沉重的記憶有時也會逼得人透不過氣吧？沈媽媽就這樣把自己逼進了生命的死角。為支付沈媽媽醫藥費，沈伯伯在別的城市找了個待遇較好的工作。搬家前，我把自己珍藏多年的聖誕卡片隨曉菊挑。上面撒著金粉的、有著詳和笑容的天使，曾是我們童稚心中，最愛慕的美麗形象。

看曉菊挑了多張這類型的，我心中似湧起一陣不捨。不捨美麗的卡片，也不捨即將離去的友伴…沈家搬走即完全沒了音訊。不久我升上初中，那片失去稻浪、飛鳥、還有奔躍孩童的田畦，看來如此空洞而寂寞。不知多久以後，一群粗聲粗氣的男子突然開始在這兒來來去去，媽媽說是要蓋新房子了。未幾田畦果然被笨重龐大隆隆作響的器械所佔領，泥土被剷起，被運走，不知去向。

那些泥土，曾經印著多少我們躍動的、留戀的足跡 — 於是，我隱隱約約感到了某種人世的悲傷。彷彿已經明白，我無憂的童年，也就這樣不知去向了。

附錄——題旨雅正，用筆如撫琴的蓬丹

一九九七年底赴台參加「現代小說史研討會」後，旅居洛杉磯的女作家蓬丹又接洽了一本新作的出版。這本預定今夏由九歌旗下健行出版社印行的散文集，將是蓬丹的第八部作品了。

「這個數字實在有待加强。」蓬丹說，自從大學三年級在中國時報發表第一篇小說以來，至今已有二十餘年，蓬丹認爲八本書不是可傲人的成績。但正如台灣文訊雜誌所作的報導：「自律甚嚴，作品質勝於量，每本書都是字斟句酌，嘔心瀝血之作。蓬丹的作品文如其人，是以文字優美，結構精緻，意境高雅爲特點。」

也因爲如此，蓬丹的作品迭獲名家好評。文壇前輩張秀亞女士說：「題旨雅正，用筆如撫琴。」丹扉女士說：「富深沉哲思，多美麗文采。」琦君女士曾有如下讚語：「文筆清新，感情眞摯，不落俗套。」趙淑俠女士更譽爲「文字極美，有大家之風」。

眾多讀者編者的來信固然肯定了這些佳評，在蓬丹已出版的七部書中，一九八九年《投影，在你的波心》榮獲海外華文著述獎首獎，一九九七年《流浪城》則得到台灣省優良作品的獎項，更證實她的作品一直維持高品質的文學水準。近年文學市場不景氣，她的結集仍一再受到出版社的青睞，而連續在一九九六、九七、九八年均有新書問世。此外，已有二十餘種港、台、大陸之文學選集將她的作品選入。今年，上海圖書館的中國文化名人手稿館亦來函要求收藏她的手稿。

出書看似容易，其實每張紙頁都是孤燈冷夜辛勤筆耕的痕跡。蓬丹曾在《未加糖的咖啡》自序中說：「或在有風的窗下，或在無言的燈前，低首斂眉的自已默默如古井無波，心中卻常翻江蹈海，思想的千濤萬浪，鍥而不捨的衝激那筆墨行文的沙堡。砌堡的臂膀疫痲，指節摧損，依然初心不悔相信著，寫作，是一份良知的活動，是一樁性靈的玩樂。」

蓬丹的作品部部都有著對生命的省思，對美與理想的嚮往。相信這與她來自書香世家的背景有關。曾任教於台灣東海大學的父親與任教於建國中學及台中一中等名校的母親，無疑讓她得到最踏實的文學啓蒙。父親的藏書汗牛充棟，蓬丹自幼就常坐在父親的大書桌前翻讀超越她年齡的典籍圖冊，似懂非懂卻又樂在其中。

在台灣師範大學就讀時，由於唸的是圖書管理，得以進入重門深鎖的書庫重地，悠游古今名家的性靈天地之中，開啓了創作的慾望。後來到加拿大深造，由於中央日報是海外唯一能看到的中文報，她開始投稿給中央副刊。她說：「寫，將難忘的經驗，動心的情況紀錄下來，爲生命作見證。」曾有人說她的文字像是不食人間煙火，蓬丹笑答：「生活是粗糙的，我也有我的煩惱與掙扎，因此才特別要淘金似的把一些美好的時刻篩洗出來，不斷反芻，才能滋生繼續與生活較量的動力。」

八十年代初，南遷美國洛杉磯，蓬丹仍未離開文化事業。她爲工作的書局編寫中英對照書目，將中文好書介紹給美國各大圖書館。並策劃過多次文藝活動，推介海峽兩岸來訪的藝文人士與讀者見面。王藍、蘇偉貞、丹扉、阿城、劉賓雁、司馬中原等著名作家，都曾在她的安排下出現。

一九九三年在擔任「北美洛杉磯華文作家協會」會長期間，除繼續舉辦文學活動，更首創中文寫作班，使海外華人得以重溫中國文學之美。卸任後仍積極參與會務，並數次策劃書展，成功地溝通了作者與讀者。

蓬丹在文學上的成就，以及對文藝工作的熱心參與，使她在一九九八年獲得了「中國文藝協會」頒贈的五四文藝獎章，可謂實至名歸。

〈原載美國活水雜誌〉

（請沿虛線剪下）

234

台北縣永和市保福路二段50號二樓

瀛舟出版社 收

通訊處：

市 縣 鄉鎮 市區

請用阿拉伯數字書寫郵遞區號

路(街) 段 巷 弄 號 樓

寄件人：

請貼郵票

瀛舟叢書讀者服務卡

謝謝您購買這本書，爲了提供更好的服務，敬請詳填本卡各欄後，寄回給我們（請貼郵票），您就成爲本社貴賓讀者，將不定期收到本社出版品、各項講座及讀者活動等最新消息。

您購買的書名：________________________________

購買書店：______ 市／縣 ____________ 書店

姓名：_________ 年齡：________ 歲

性　別：☐男 ☐女　　婚姻狀況：☐已婚 ☐單身

通信處：________________________________

電話：________ 傳真：________ Email：____________

職　業：☐製造業 ☐資訊業 ☐大眾傳播 ☐公
☐服務業 ☐自由業 ☐農漁牧業 ☐教
☐金融業 ☐學生 ☐軍警 ☐其他

教育程度：☐高中以下 ☐大專 ☐研究所

您習慣以何種方式購書？
☐逛書店 ☐劃撥郵購 ☐電話訂購
☐傳眞訂購 ☐團體訂購 ☐銷售人員推薦
☐其他 ________

您從何處得知本書消息？
☐逛書店 ☐報紙廣告 ☐廣播節目 ☐書評
☐親友介紹 ☐電視節目 ☐其他 ____________

建議：

（請沿虛線剪下）

瀛舟出版社

電話：(02) 29291317　傳眞：(02) 29291755
e-mail: publisher_supreme@altavista.net

名家叢書

人間巷陌

Looking Through Allies

作　　者 / 蓬丹
社　　長 / 趙慧娟
總 編 輯 / 趙鍾玉
主　　編 / 金華誠
美術編輯 / 阮文宜
內文排版 / 方學賢
法律顧問 / 趙飛飛 律師
出版發行 / 瀛舟出版社 (Enlighten Noah Publishing)
地址： 3521 Ryder Street, Santa Clara, CA 95051, USA.
電話： 1- 408-738-0468
傳眞： 1- 408-738-0668
電子郵件： info@enpublishing.com
台北分公司
地址： 台北縣永和市保福路二段 50 號 2 樓
電話： (02) 2929-1317
傳眞： (02) 2929-1755
郵撥： 19573287
總 經 銷 / 時報文化出版企業有限公司
地址： 台北縣中和市連城路 134 巷 16 號 5 樓
電話： (02) 2306-6842
初版日期 / 2001 年 12 月
國際書碼 / ISBN 1-929400-28-4
定　　價 / NTD 220.00
登 記 證 / 北縣商聯甲字第 09001622 號
印　　刷 / 世和印製企業有限公司
地址： 台北縣中和市錦和路 53 號
電話： (02) 2223-3866

Printed in Taiwan